找回生活的信仰

有自信的人，充滿富足的感覺，總是很安分的——做自己。

蔣勳

生活十講

新價值 新官學 新倫理 新信仰 談物化 創造力 文學力 愛與情 情與慾 新食代

生活十講

目錄

生活十講

自序　蔣勳

上個世紀九〇年代，我在警廣主持了一個名叫「文化廣場」的廣播節目。

每星期一次，大約一個小時，談一些與文化有關的現象。

我當時在大學美術系任教，但是不覺得廣義的「文化」應該侷限在狹窄的藝術範圍。

相反的，社會裡許多與人的生活有關的現象，常常比藝術更反映出文化的本質。

我把一星期接觸到的社會現象做話題，

也許與食衣住行有關，

也許是社會一個謀殺案件裡看到的倫理或愛情關係，

也許是價值體系裡不容易覺察的保守性與墮落性，

往往不是呈現在上層的文化禮教中，卻點點滴滴透度在生活不知不覺的行為之中。

這個節目一做十年，得過金鐘獎，隨著警廣交通台的路況即時報告頻道，

成為全島無遠弗屆的收聽節目。

十年的錄音，收藏在警廣的倉庫，
當年負責錄音控制室的翁先生因肝病去世，
我也中止了這個節目。
許多年後，有做公益的朋友找出錄音，製作成數位光碟，
我授權捐給監獄的受刑人，使我常常收到獄中的信，
告知他們在寂寞困頓中從聲音得到的安慰。
二〇〇八年初聯合文學的玉昌、晴惠談到他們家多年來保留的一套錄音，
詢問文字整理的可能。
我對過去的東西沒有太多眷戀，
船過水無痕，不想再聽，也不想再看。

但是一年中，玉昌、晴惠真的整理出了這本《生活十講》，

我沒有太多話說，只能說：謝謝！

希望當年談的事件現象，無論多麼混雜濁亂，

十年過去，在一個嶄新的世紀，能夠沉澱出一種清明。

二〇〇九年一月二十二日於八里

*編按：感謝警察廣播電台及副總台長鍾國城先生提供部份錄音帶，使本書得以順利完成。

新價值

陳萬仁／錄像攝影作品

01 新價值

一個唯利是圖的社會，每一個人都會在物化自己與他人的過程中成為受害者。

新價值

價值觀的形成是一個過程，
我們現在看到那些令人錯愕的行為，是一個「果」，
而真正需要探究，則是形成這個「果」的「因」。

經常在報紙上，看到一個受過高等教育的年輕人，做出很傻的事情，或者因為在感情上找不到出口，傷害自己或傷害別人，甚至是自己的親生父母。這些現象會使人懷疑，現代年輕人的價值觀是不是出現問題？

我個人覺得，年輕人本身是無辜的。

價值觀的形成是一個過程，我們現在看到那些令人錯愕的行為，是一個「果」，而真正需要探究，則是形成這個「果」的「因」。在長期唯考試導向的教育體制中，我們是允許學生升學科目得滿分，在道德、人格、感情培養的部分，根本可以是零分。因此產生這些現象，錯愕嗎？我一點也不覺得。

這個問題不是現在才有，在我那一個年代就開始發生。我們很少思考到為什麼要孩子上好的高中、好的大學，其實一點意義也沒有。譬如我從事藝術工作，關心的是創作力、關心人性的美，我在不同的學校教過，從聯考分數最低的學校到聯考分數最高的學校，我都教過。以我所教授的科系而言，我不覺得這些學校之間有太大的差別。

如果你實際接觸到學科分數低的學生，就會知道，他們沒有花很多時間準備考試，相反的，他花很多時間在了解人。譬如說看電影或者讀小說，從中就有很多機會碰觸到人性的問題。

可是專門會考試的學生呢？往往才是真正的問題所在。一九九八年發生震驚社會的王水事件，一個女孩子因為和另一個女孩子交往同一個男友，在慌張之際，就把化學方面的專長用出來，她調出了「王水」，犯下謀殺案。

我們可以說，她的專業知識分數非常高，但她在道德跟情感處理上是零分。

她是壞或是殘酷嗎？我不覺得，她根本沒有其他選擇。平常她沒有這樣的準備，缺乏對人性的了解，我稱她為「無所措手」一族，她根本不知道怎麼辦。所以最後警方帶她到現場時，她很茫然；她當然茫然，因為她根本不知道自己做了什麼。

這些個案非常明顯的就是我們說的「好學生」，他們要進的科系和研究所，都是最難考的，他們從小就埋頭在升學、考試裡，忽略了其他。從很多年前我就很怕這樣的人，我覺得這樣的人一旦犯罪時，對於「罪」的本質，完全不了解，因為他根本沒有機會接觸。

所以我一直覺得，如果要指責這樣的事情，矛頭應該是指向一個教育的架構，這個架構教育出一批批像這樣非常奇怪的人。

我聽過很多明星學校內發生的人際關係，包括在二十多年前出版的《拒絕聯考的小子》，就已經指證出明星學校內，為了考試、拿高分，同學之間如何鬥爭，如何去傷害別人。我聽過太多這一類的事，也隱約感覺到考試導向繼續發展下去，我們的孩子會發生很可怕的事。

而這些已經發生的新聞事件，就是我們受的「惡果」。

從文學中尋找人生的解答

我舉一個例子，我自己在十三、四歲的時候，大概國中一、二年級，我很苦悶。我相信凡人處在一個生理發育、轉變的時期，就是他最敏感的時候。不只是身體開始變化，聲音變粗、性徵出現等等，更重要的是他開始意識到自己身體的存在性。我想，中外古今所有的重要時刻，就在此時，也就是啟蒙時刻。

在那個時候，我感覺到身體的苦悶，卻無法解答。因為生理的苦悶引發我開始去思考人到底是什麼？我到底是動物還是人？我的精神在哪裡？我的精神嚮往和肉體的慾望衝突得很嚴重。我不知道女孩子會不會這麼嚴重？以男孩子來說，包括我和我的同伴，都是非常嚴重的，那是一種來自於生理上奇怪的壓力。

於是我很自然的就找上了文學。我在書店讀文學，在文學裡削減了許多慾望上的苦悶，並嘗試去解答自己從何而來？要到哪裡去？我是什麼？這些難以解答的課題。

因為這樣，有一段時間，我原來很好的功課就耽誤了，那幾次考試的結果都非常糟。我因此被學校、被家裡指責成一個壞學生、壞孩子。我想，在那一剎那之間，我是非常容易變壞的。幸好文學救了我，讓我有足夠的自信，不但沒有變壞，並且在文學中得到很多關於人生課題的解答。

新價值

我們應該是給孩子
最好的音樂、最好的文學、最好的電影，
讓他在裡面自然的薰陶。
而這些，是不能考試的。

攝影／林禎慶

同一個時間，我的同伴一頭鑽進考試裡。這些同學，今天我回頭去看的時候，發現他們都過得不快樂。他們考上了最好的高中、最好的大學，有些也出國留學回來了，但對於感情或是婚姻各方面所發生的問題，他們都沒有辦法面對。

對於人性和真正的自我，他們始終沒有機會去碰觸，因為考試不會考。

我們評斷一個學生，是壞學生、壞孩子，因為他的分數不夠，可是他對人性可能已經有很豐富的理解；我們評斷一個好學生、好孩子，也是用分數，卻不代表他有能力面對情感和倫理的種種課題。分數和人格的發展絕對是兩回事，法律系的高材生不表示不會犯罪，他可能熟背法律條文，了解各種法令，可是對於「什麼叫做罪？」不一定理解。所以我們會看到「高等學府的法律系學生為了購買手機，在電梯內搶奪女孩皮包」這樣的新聞。

自由是什麼？罪是什麼？為什麼會為了一個小小的事情去傷害別人？我記得新聞出來時，所有的朋友都在說：「想要手機，我送他一支嘛，怎麼會愚蠢到這種地步呢？」

這只是提醒我們，知識完全不等於智慧，也完全沒有辦法轉換成智慧。

我們從另一個角度來看，這些好學生、好孩子即使犯案，手法都是最笨的。他跑到PUB去，在電梯內搶劫，當場就被PUB裡的人抓到。PUB是一個龍蛇雜處的地方，那裡的年輕人其實都比他聰明，比他更懂得人性上的複雜。當他忽然發現掉入一個自己最沒有辦法處理的世界時，已經來不及了。

是悲劇吧！卻令人難以同情。

這個社會一直在製造這樣的一批「好學生」，他們本身也洋洋得意，因為一路走來都是被捧得高高的「資優生」，因為他們可以考到那麼好的學校、讀那麼好的科系。他們從來沒有懷疑過自己有問題。

我要呼籲的是，所謂的「明星學校」從來沒有給你任何保障，知識分數越高的人，自己要特別小心，因為你將來要面對的生活難題，都不在這些分數裡面。

豢養考試機器的學校

這幾年來發生的資優生犯罪事件，正好說明了我們的教育應該拿出來做最好的檢查。為什麼在這麼一個教育系統中，連知識分子的自負都消失了？以前做為一個知識分子是「士不可以不弘毅，任重而道遠」，有些事是知識分子不屑做的，為什麼這種士的自負在校園中式微了？我覺得，這是教育本質上的最大問題。

當然，這幾年來，有很多人在做亡羊補牢的工作，開始注意到社區活動，開始注意到人文教育、藝術教育，但是我覺得做得不夠。譬如說，大學開始教藝術欣賞，卻沒有適當的師資，最後可能就變成一個形式。

我想強調的是說，學校絕對不是訓練一批考試機器的場域，這些孩子不能夠這樣被犧牲。有時候，我真的覺得這些豢養考試機器的學校，就像養雞場、養豬場，讓人覺得是一個巨大的悲劇。我們應該是給孩子最好的音樂、最好的文學、最好的電影，讓他在裡面自然的薰陶。而這些，是不能考試的。

我曾經幫朋友代課，帶大學舞蹈系先修班的孩子，他們大概都是大一的程度。因為要代三個星期的課，我很想認識他們，所以請他們畫自畫像，然後準備兩分鐘的自我介紹。他們不是美術系的學生，當然自畫像畫得不是很好，我的目的也不是要他們畫得好，只是希望他們可以在鏡子裡看看自己。課後，好多學生告訴我，這是他第一次透過鏡子好好的看自己。

如果一個人從來沒有好好的在鏡子裡看過自己，他對自己是非常陌生的，而這是多麼危險的一件事。

一九九八年的林口弒親案，一個十九歲的孩子和同伴聯手殺害熟睡中的雙親，後來母親醒來，向他們求饒，他的同伴不敢下手，因為同伴常常去他家，媽媽對他們很好，最後是這個孩子動手。

我想，他從來沒有在鏡子裡面對自己吧！他自己的美或醜、他自己的殘酷或溫柔，他都不了解。所以當他做出這樣的事時，可以無動於衷。

人真的應該常常在鏡子中面對自己，思考自己的可能性。

當我在課堂上，請學生做這個作業的時候，幾乎有一半的學生最後都哭了。我才發現他們內在有一個這麼寂寞的自己，是他們不敢面對的。

原本限定兩分鐘的自我介紹，最後我們都停不下來。過程中有人跑上台，拿衛生紙給說到傷心處的同學，我問他：「你覺得你的同學，這時候只需要衛生紙嗎？」他懂了我的意思，就坐在朋友旁邊，聽他把話講完。

還有一些學生完全不肯講，上台以後，只看到淚水在眼眶裡打轉，一句話也不說。我當時也沒有強迫他們講。到了第三個禮拜，我私下和這一批學生吃飯，因為我不能讓他們的話不講出來，最後他們說了，我才知道這些不說話的孩子有這麼多的問題。他們的父母聽過這些話嗎？沒有。老師聽過這些話嗎？沒有。在升學體制中，沒有人給他們這樣的管道。

學校的輔導室是空設的。你說這些學生，會無端端的跑到輔導室去做心靈的告解嗎？掛一個輔導的牌子有什麼用，要真正的去發現他們，用藝術的方法引導他們，把他們內心的東西引出來才有意思。因為這些說不出口的話，積壓到一定的程度，會出事情的，這令我非常擔憂。

一切都在商品化

所以我們提到價值觀，重點不在於年輕人的價值觀，而是整個社會的價值觀。

當社會的整體價值觀是「唯利是圖」，年輕人的價值觀也只會有一個字：利。

以電視節目來說，媒體關心的是有沒有廣告，會不會賣？這就會讓孩子模仿到一切東西都是可以用「買賣」做為價值判斷。社會在製造商品，人也變成商品，在商品化、消費化的鼓勵中，就會產生對於戕害生命無動於衷的結局。

如果要檢討的話，就應該是做整體的、全盤的檢討，而不是在個體行為上。因為一個唯利是圖的社會，每一個人都會在物化自己與他人的過程中成為受害者。

其實，我們的社會對於人的商品化、物化，比歐美國家嚴重許多。你可以看到，政治在商品化，政治人物露面前要先經過商業化的包裝，譬如某位部長和一個穿著原住民衣服的人，站在一起倡導族群融合，譬如選舉活動的設計讓我們不管他當不當選，都覺得難過。

教育也在商品化，一切都在商品化，連宣傳公益都要靠廣告包裝。

這個現象讓人非常害怕，如果我們不能意識到這一點，並以實際行動做一些制衡的話，就只能被

新價值

現代家庭恐怕很難不把孩子送進學校。
可是重要的是，教育不能夠只求量，不求質，
學校不是製造商，讓學生一批一批
得到文憑畢業就好了，還是要關心人的問題。

攝影／林禎慶

牽著鼻子走，而那些令人錯愕的事也會繼續發生。我們無法期待打開報紙會看到什麼好消息，照這樣走下去，結局只會越來越嚴重。

物質消費成了共同價值觀

我們知道工業革命最先發生在英國，距今約兩百年，而制衡的力量也在十九世紀中葉出現。一方面科技發展得很快，資本主義興起，人們開始從農村往城市聚集，就在一座巨大的城市中，商品消費的觀念形成。

因為把大量的工人找來，就要付出大量的薪水，所以需要大量的生產。生產之後，當然就要有大量的消費，如果沒有消費，貨賣不出去，就賺不到錢，養不起這麼多的工人，工廠就會倒閉。基本上，消費生產是一個連鎖的機制，一開始不見得不好，生產、消費，刺激更多的生產，就有更多的消費。

從一年生產出五百輛車子，到一年生產出五千輛車子，然後是五萬、五十萬，一直到一年生產五百萬車子的時候，怎麼辦？只好靠廣告競爭，刺激原本不需要購買的消費者購買。

於是消費和生產就變成一種惡性循環，而人也常常在不自覺中消費。我們不妨思考一下，你為什麼要買這件衣服？為什麼要買這塊麵包？為什麼要買部車子？是需要，或是因為物質消費已經變成一種共同的價值觀？

譬如在前面提到的新聞個案中，那位大學生是不是真的需要一支手機呢？以前我們說，實在餓得沒有飯吃了，只好去搶錢，這還值得同情，因為那是最低層次的選擇。可是今天很多的搶劫事件不是為了生存，而是連犯罪這件事情都被物化，墮入消費循環中。

知識分子的風範

其實過去的知識分子是有一種叫做「風範」的東西，就是他們對於人的定位，是非常清楚的。

雖然現在講起來簡直就像在講天寶遺事，這些老先生很多都過世了。他們經歷整個近代史這麼一個大變遷時代，鍛鍊出一種知識分子很特殊的「風範」。風範聽起來很抽象，我自己的觀察是他們有一個共同的特徵，基本上就是他們從小讀古書，不管是中國的或是日本的，受到東方文明非常優秀的訓練，使他們對於人性有一種道德上的相信。

我們讀古書，如《莊子》、《老子》、《論語》、《中庸》、《孟子》，基本上都是在談人的定位，很少是技術、知識上的東西。所以過去的知識分子在「人文」這個部分，基礎深厚。後來他們也開始讀西方經典，讀到十九世紀時一些人文主義很強的作品如《戰爭與和平》，接著又經歷了一個新的社會革命，譬如說五四運動，或者後來更晚一點的中日戰爭，他們在這裡面歷練很多。所以當他們到台灣塵埃落定時，我想他們身上真的有一種成熟，是後代的知識分子無法超越的。

戰後穩定下來了，他們把對人的關懷轉化成對教育的理想和熱情，幾乎是當成宗教一樣的投入。

我一九七六年從巴黎回來時，認識了俞大綱老師，他那時候在館前路有一間辦公室，每個禮拜三早上在那裡讀唐詩，讀李商隱、讀李賀。在座的一批人就是後來創辦漢聲雜誌社的吳美雲、黃永松，還有雲門舞集的林懷民、吳素君、鄭淑姬，雅音小集的郭小莊、我、奚淞。我們這一批人在那邊上課，也不是為了考試，也不是為了什麼，就是每個禮拜有一天去見俞老師覺得很快樂。

在那邊，我常常會提出跟俞老師不一樣的想法，別的人會覺得很不禮貌，可是俞老師跟我很好，我會覺得，其實他就是對人文的相信。所以在俞老師過世的葬禮上，我們這一批人特別會覺得身上有一種負擔，我們要繼承俞老師所構成的東西，就是文化，並且把它傳承下去。

譬如說林懷民會關心民間戲曲，是因為俞老師有一次跟我們跑到板橋，到廟裡去看歌仔戲。過去我們會覺得俞老師成長自文人家庭，應該不會接觸民間歌仔戲，結果歌仔戲一開始，老師就跟我們說歌仔戲的內容，我們嚇一跳，問俞老師怎麼都知道？他說，其實戲曲就是那麼幾個源流，歌仔戲、四川劇都是一樣的源流，那就是所謂「文化的根本」，所以即使沒有看過歌仔戲，他還是知道這個典故是出自《左傳》。這就是說，你如果有辦法把文化的根本弄好，後面很多東西就很順利，但我們現在的作法卻是相反，追求枝微末節的東西，反而把「本」失掉了。

親近這位老先生對我的影響非常大，也讓我今天不管怎麼樣，都會回頭去讀像十三經這樣的古書籍，這些書裡面講的都是很根本的、屬於人性的東西，就是做人的綱要。我想，知識屬於人，了解了人，無論你學到什麼新的知識，都能結合在一起，不會有斷裂的感覺。因為任何知識都要回歸到人的本分，知識回不到人的本分，那個知識就一定會出問題。

以人為本的教育

然而，現在我們要傳承這樣的風範是比較艱難的。整個社會物化的速度越來越快，範圍越來越廣，很少人能逃過物化的影響。教育也越來越無能為力，尤其又卡在一個考試升學制度，如果沒有辦法對抗這個制度，就沒有辦法去扭轉孩子的觀念。

很少人會有勇氣去對抗這個制度，你怎麼敢對一個高中生說：你不要考試，不要升學，你現在正是最敏感的年紀，應該去畫畫、去讀小說。

我不敢講這個話，因為要面對的是巨大的壓力，他的父母、他的學校、他的同學、整個社會的價值觀，這個時候要談人性、談文化的根本，真的非常困難。

俞老師教我們時，我們的學業大都完成了，所以在那邊上課時，我們有一種自在，這也是我為什麼辭掉大學的工作，寧可去教一些社會人士，因為他們沒有考試的壓力，我可以暢所欲言。今天連在大學都很難，後面還有一個研究所入學考試。我剛開始在大學教書時，還沒有那麼多人想考研究所，學生很好教，但是現在，幾乎每個人一進大學就在想研究所，連選課都會注意這一個老師是不是研究所的老師？凡事以考試為導向，升學為目標，若教育體制從小學到大學都是如此，他們會願意談人性、談藝術、談文化嗎？

可是，有一天他會發現他需要這些東西。我有一個學生就是如此，畢業後在畫廊工作，畫廊需要很多專業知識，他才發覺自己美術史沒有學好，所以花很貴的學費重新回來上我的課。他繞了一大圈，還是回來了。

我想，在體制不變的狀況下，我拉著學生來談人性、談美學，是沒有意義的。可是我會等著，等一個他們願意聽我說話的時機。

我也不會鼓勵學生去對抗制度。雖然我自己是這麼做的，我在初中就從體制中出走了，高中聯考也沒有考取，但我不覺得自己現在是失敗的。

只是我也要誠實的說，這麼做很危險，因為孩子要面對非常巨大的價值壓力，很可能會崩潰、變壞、扭曲，真的要非常小心。我自己在教書的過程中，若是很確信要帶這麼一個所謂「叛逆」的孩子時，我會長期跟他保持聯繫，讓他這條路走得更穩，讓他更有信心。這才是教育真正應該要做的事。老師一定要是人師，也永遠要以人為本；教育本身就是人的關心。

當然，在體制內做最大的爭取與改革，不能只靠老師，我想就算俞大綱先生在這個時代，他們也會是很安靜的。其實俞老師的時代，對他來講已經是一個憂傷的時代了，可是，他是在一個非常優雅的文人家庭長大，他的哥哥俞大維、俞大紱，妹妹俞大綵，也都是一等一的院士。前國防部

新價值

我不知道為什麼我們的社會會忙成這樣子？
沒有時間停下來傾聽孩子的心事，
沒有時間揉揉孩子的肩膀。

攝影／林禎慶

長俞大維雖然是世界有名的彈道學專家，可是你聽他談起古學，也是非常精采。這種家庭真的不得了，就是因為家教嚴，國學基礎好，又學習到非常好的西學，而能成就他們的風範。

俞大綱對我說，他爸爸媽媽喜歡看戲，經常帶他一起看戲、講戲，他就變成戲劇專家了。他的教育是在日常生活中耳濡目染的，從來不是拿著書本上課，所以你聽他講李商隱，一首一首講，不需要看書，因為從小爸爸就是跟他一面吟詩，一面唱戲，把李商隱講完了。

我想，一個好的人文教育，還是要扎根在生活的土壤裡的吧。

歐洲的精英分子不少也是這樣出來的。法國當代作家尤瑟娜（Marguerite Yourcenar），她是貴族出身，從來沒有進過學校，但是她在一個很人文的環境中成長，從小父親就帶她看書、鼓勵她寫作。當然，現代家庭恐怕很難不把孩子送進學校在家教育。可是重要的是，教育不能夠只求量，不求質，學校不是製造商，讓學生一批一批得到文憑畢業就好了，還是要關心人的問題。即便是在這麼一個物化的體制中，學校老師受限於許多的政策，至少要抱持著一種想法：能夠關心幾個就幾個，做到自己的最大能耐。

傾聽孩子的心事

教育不是在教書，事實上這是一份救人的工作。

當我讓孩子畫了自畫像，聽他們講述自己的故事而痛哭流涕的時候，我真的覺得這是一份救人的工作。你沒有辦法想像他們內心裡會有這麼多的事情，這麼的嚴重，因為他們講出來了，因為他們哭了，他不會走錯路。

有的孩子告訴我，只要能不回家，他一定不要回家。這句話如果讓他的父母聽見了，一定會嚇一跳。

事實上，這群孩子的父母正好是在台灣經濟起飛的那一代，當他們在努力創造經濟奇蹟時，對於孩子卻疏忽了關懷。所以這些孩子不是為反叛而反叛，他們是在反叛某一種程度的冷漠與疏離。

很多父母與教師真的忽略了一件事，他們所教育對象不是一個物品，是一個人。你的任何舉動，都可能在孩子的一生產生極大的影響。你的一點點關心，也會改變孩子的一生。就像那次自畫像的活動結束後，學生們抱頭痛哭，我走過去揉揉他們的肩膀，我相信他們會感受到。

我不知道為什麼我們的社會會忙成這樣子？沒有時間停下來傾聽孩子的心事，沒有時間揉揉孩子的肩膀。

最讓我驚訝的一次是我在大學擔任系主任的時候，一個女學生不見了，一個星期都沒有來上課，我打電話給她媽媽，她說：「我生意好忙耶，我把小孩交到你們學校，就是你們要負責，你們還要問我？」

我聽了真的嚇一大跳。

我的父母不是這樣的父母，他們是不必等學校老師通知，就常常跟學校保持聯絡的。所以我不懂現在的父母，為什麼七天不見孩子，還能忙著做生意？

我們今天面對一個長期以來不被注意、忽略的課題，這個「果」已經顯現在報紙上那些怵目驚心的事件中了。我們衝得太快，沒有辦法一下子煞車，但可以慢慢的、一點一滴的去做，讓物質的東西少一點，讓心靈的空間大一點。

老子一直在講「空」，他說我們之所以能用杯子喝水，因為杯子是空的；我們能住在房子裡，也因為房子有空的部分。最重要的不是「有」，是「無」。

如果你的心被物質塞滿了，最後對物質也不會有感覺。就好像一個吃得很飽的人，對食物不會感興趣；而肚子餓很久的人，他在品嚐食物的時候，就會得到好大的滿足與快樂。

當一個孩子要什麼就有什麼的時候，最後他會非常不快樂，即使是殺人他都沒有感覺。他已經被物質塞滿了，他要的東西從來沒有得不到，所以他很痛苦，這種痛苦是他的父母無法了解的。

每個角色有自己的定位

人有時候也很奇怪，會倚靠外在的東西，讓自己有信心。譬如說我小時候，大部分的孩子經濟條件不好，營養也不好。但有一個同學長得特別高大、壯碩，他走起路來就虎虎生風，特別有信心。

人類的文明很有趣，慢慢發展下來，你會發現，人可以有各種不同的方式使自己有信心，但前提是要有一個比較成熟、比較豐富的文化支持。譬如說我雖然很矮，可是我在另一方面很高大，可能是在心靈方面，或者精神方面，或者有某一方面特殊技能。我很期盼有這樣的一種社會，這樣的文化出現，讓每一個人有他自己不同的價值。

我們的社會的確已經在走向多元，舉例來說，現在有很多地方都要求「無障礙空間」的設計。我小時候哪裡有這種東西？殘廢就殘廢嘛。可是我們現在也不用這樣的稱呼了，因為他並沒有廢。這不只是一個名稱的改變，而是人們重新思考，過去所做的判斷對不對？過去的殘就是廢，就是沒有用的人，但現在發現他不是，他可能有其他很強的能力可以發展出來。

我想這就是多元社會一個最大的基礎，人不是被制化的。

制化，就像我們前面提到的，用英文分數、數學分數就決定這個學生好或不好。不把人制化，才能讓人身上的其他元素有機會被發現，豐富他的自信。

我們的社會是慢慢的往這一個方向在走，但同時有一些干擾，例如重商主義、唯利是圖的價值觀，又會讓多元趨向單一。單一化之後，就會出現這樣的聲音：「考上大學有什麼用，歌手接一個廣告就有數百萬入口袋，那才實在」。

所以，價值的單一化，是我們所擔心的。

一個成熟的社會，應該是每一個角色都有他自己的定位，有他不同的定位過程，每個人都能夠滿足於他所扮演的角色。這個觀念在歐洲一些先進國家已經發展得很成熟，他們長期以來重視生命的價值，所以他們的自信，不是建立在與別人的比較上。

一味的跟別人比，遲早都會走向物化。

「夠了」的快樂哲學

許多人喜歡比較，比身上是不是穿名牌的服裝？開的車子是不是ＢＭＷ，或是積架？也有人是比精神方面的，最近上了誰的課，看了哪一本書。聽起來是不同的比較，比精神好像比物質還高尚一點。

其實不一定。我認為，有比較之心就是缺乏自信。有自信的人，對於自己所擁有的東西，是一種充滿而富足的感覺，他可能看到別人有而自己沒有的東西，會覺得羨慕、敬佩，進而歡喜讚歎，但他回過頭來還是很安分的做自己。

就像宗教或哲學裡所謂的「圓滿自足」，無欲無貪，充分的活在快樂的滿足中。

這和「禁慾」不一樣。好比宗教有成熟的和不成熟的宗教，不成熟的宗教就是在很快、很急促的時間內，要人做到「無欲無貪」，所以提倡禁慾。成熟的宗教反而是讓你在慾望裡面，了解什麼是慾望，然後你會得到釋然，覺得自在，就會有新的快樂出來，這叫做圓滿自足。

西方的工業革命比我們早，科技發展比我們快，所以他們已經過了那個比較、欲求的階段，反而回來很安分的做自己。他不會覺得賺的錢少就是不好，或是比別人低賤，也不會一窩蜂的模仿別人、複製別人的經驗。在巴黎從來不會同時出現四千多家蛋塔店，這是不可能會發生的事。可是，你會在城市的某一個小角落，聞到一股很特別的香味，是咖啡店主人自己調出來的味道。二十年前，你在那裡喝咖啡，二十年後，你還是會在那裡喝咖啡，看著店主人慢慢變老，卻還是很快樂的在那裡調製咖啡。

這裡面一定有一種不可替代的滿足感吧！

我覺得每一次重回巴黎最大的快樂，就是可以找回這麼多人的自信。每一個角落都有一個人的自信，而且安安靜靜的，不想去驚擾別人似的。

譬如冰淇淋店的老闆，他賣沒有牛奶的冰淇淋，幾十年來店門前總是大排長龍。但他永遠不會想說多開幾家分店。他好像有一種「夠了」的感覺，那個「夠了」是一個很難的哲學：我就是做這件事情，很開心，每一個吃到我冰淇淋的人也都很快樂，所以，夠了。

這種快樂是我一直希望學到的。

官學新

攝影／林禎慶

02 新官學

要讓下一代有氣節，也要有性情，
要理性，也要幻想，
一個多元的人才是完滿跟健全的。

新官學

在國文教學中多一點
讓孩子有非答案性的思索過程，
就是最好的思想教育。

我在成長的過程中，是一個非常愛國文課的人，幾乎從小學開始一直到大學，我的國文表現在班上都是數一數二；我的數學不好，國文帶給我很大的成就感。然而，在最近幾年有機會跟高中國文老師接觸時，我嚇了一跳，我們的國文教材從我讀書時到現在，竟然沒有太大的改變。現在的孩子還是在讀文天祥的〈正氣歌〉或方苞的〈左忠毅公軼事〉這一類我一直希望在我這一代就結束的文章。而莊子的蝴蝶夢則還是被排斥在教科書之外。

莊子的蝴蝶夢是一個偉大的潛意識，在主客位的轉換跟交錯裡，可以不斷開發出新的文學經驗，之後很多文學作品都和這個典故有關，教科書怎麼可以沒有這一篇呢？那麼當孩子讀到李商隱的「莊生曉夢迷蝴蝶」時怎麼辦？

在某一個時代為了要訓練一個人有絕對儒家的忠君思想，必須要有〈正氣歌〉或〈左忠毅公軼事〉這一類的教材，但是這些東西是一種沉重的負擔，會讓人痛苦的。我要很誠實的說，我在初中、高中時活得很不快樂，常常覺得自己如果不死，就不會成為是一個偉大崇高的人，因為所有偉大的文章，都是在教我「死」這件事，而且是一個很有使命感的死。我承認這些人很偉大，也很美、很感動我，但是後來讓我更感動的，卻是一個學生讀完後問他的老師：「我可不可以不死？」老師回答他：「你當然可以不死。」這個學生又問了另一句話，他說：「那官要做到多大才應該死？」

我一直在想這個問題。我們的國文教學繼承了一個大傳統，這個大傳統在今日台灣社會急速轉換的過程中，當然會受到挑戰，但大傳統並不是那麼容易立刻被質疑。當我們在讀方苞的〈左忠毅公軼事〉、讀文天祥的〈正氣歌〉時，那真的是一個悲壯的美感教育，是忠君愛國理想的極致，這是一個大傳統，可是，是今日社會需要的嗎？為什麼美感都要走向悲壯的刑場？有沒有可能讓美感走向花朵？走向一個茂盛的森林？

生是為了完成悲壯的死？

一個好的文化範本，一定要有正面跟反面的思考，才是啟蒙。就像那位學生問的：「可不可以不死？」當「可以死」，「可以不死」是成立的時候，思考才會有平衡。在司馬遷的時代，還說「人固有一死，或重於泰山，或輕於鴻毛」，可是為什麼到了宋元以後，死就變成一無反顧的，好像唯有死能成為戲劇的終結，生的目的竟然是為了完成這樣一個悲壯的死。

美感教育會隨著不同的環境改變，在一個受欺凌、受壓迫的環境中，反彈出這樣一個東西是情有可原的，可是這個欺凌和壓迫應該是不正常的，如果假設下一代不再有這樣一個壓迫的時候，是不是要持續這種教學？會不會造成孩子很大的困惑？我相信，活在台灣的一個十幾歲的孩子，在一個政治比較民主，相對開放、相對自由的社會裡，他讀到這篇文章，是應該要問：我可不可以不要死？我甚至覺得這應該是一個考試要出的題目。

死亡畢竟是生命裡最重要的事，雖然「孔曰成仁，孟云取義」，仁跟義都有非常大的一個條件設定，可是這個條件設定，也可能被統治者拿來做為愚弄知識分子的一個手段，演變成「君要臣死，臣不得不死」，這不是何其荒謬的結局嗎？

為什麼「君要臣死，臣不得不死」？在「孔曰成仁，孟云取義」的時候，仁和義都還有思考性，在生命的崇高的行為選擇當中，思考是不是願意做這件事情。譬如後來編入國文課外教材的〈與妻訣別書〉，作者林覺民說，要助天下人愛其所愛，所以他願意去死，死變成他生命中一個崇高的情操跟浪漫。可是如果沒有經過思維性的死亡，「悲壯性」變成一種假設時，就會產生荒謬。

明史是我最不敢讀的一段歷史，太監、錦衣衛壓迫知識分子到一種驚人的地步，他可以用沙袋，把人壓到全部內臟從嘴巴裡吐出來。但是知識分子反太監、宦官，卻不反皇帝，他明明是個昏君，放任錦衣衛去凌虐大臣，這個君應該要被質疑，可是為什麼沒有？為什麼知識分子在瀕死的時刻，還要南面去拜那個君？而我們還要在教育系統中，讓下一代繼承這樣的愚忠嗎？

官學陰影尚未解除

明朝萬曆年代，在徐渭、張岱的晚明小品裡面，已經有一點啟蒙運動。他們提出了性情，提出了誠實，提出了對自己生命的懺悔。最有趣的部分是徐渭、張岱都有寫墓誌銘的習慣，因為他們已經發現所有人寫別人的墓誌銘都吹捧到完全作假，所以他們就自己寫自己的墓誌銘。張岱的墓誌銘是我最感動的，他寫他自己好美婢，好變童，然後近冥亡之際忽然感覺到自己生命的那種悲

新官學

造成教科書被一種官學思想籠罩的原因，有可能是因為這些編輯教科書的人，本身就是受害者。

攝影／湯承勳

涼……我覺得完全是一個盧梭《懺悔錄》的形態，可是為什麼我們今天不太敢面對這些東西？那為什麼還要去維護一個作假的官學傳統？

教科書開放多元化，沒有一致的版本，是一個進步，但是它把官學的權力釋放後，並沒有開出各色不同的花朵，開出來的花還是很接近，也就是官學的陰影還沒有完全解放。現行教材中，可以提供思考的文字還是非常少。

當我讀到梁啟超的《心靈論》時，發現裡面有很多非常精采的東西，是做為一個現代國民、世界公民的概念，他引述東西方經典，建立一個開闊的世界觀，他認為，如果不經過改革，我們將會失去世界公民的資格。梁啟超在五四時代就提出這樣的見解，可是到現在我們仍然做不到，有時候我甚至覺得，現在比五四時期要開了倒車。

在本書後面第六講談到神話的起源時，我特別強調，神話本身是一個起點，因為神話裡面包含了幻想跟科學，這兩個看起來極度矛盾的人類創造力——科學是一種創造力，幻想也是一種創造力，並都以神話為起點，就像一顆種子，很適合放在低年齡層的教科書裡面，讓孩子能保有這兩種可能性，將來他可能會走到比較理性的科學，也可能是比較幻想的藝術。重點是，我們必須準備好這顆種子，並在他很小的時候就栽種。

不知道一般人會不會同意，在某一個意義上，我覺得老子和莊子的東西，啟蒙性是比儒家的東西還要大的，因為孔子已經定位在人了，可是老子和莊子是定位在天，天本身是比較接近神話的。我很喜歡莊子講的「渾沌」，渾沌是一個不清楚的東西，當渾沌從不清楚到清楚，其實就是創世紀的過程。如果我們的孩子讀到渾沌這個寓言，想像一團龐然大物，像微生物，也像生命基因那種胞胎的存在，或者是草履蟲、變形蟲的形狀，因為渾沌是沒有定形的，我們的生命都從渾沌來，後來有人說要感謝渾沌，要給它七竅，每天給它一竅，七天以後，渾沌就死了。這和〈創世紀〉的七日創造天地剛好相反，耶和華是七日之後越來越清楚，莊子的創世紀則是七天以後，渾沌死了。

莊子的意思是，只相信科學，人最後就會死亡，應該要有一個對渾沌更大的理想，就是現在說的不可測知的理論，或者黑洞理論，或者「測不準原理」。在台灣學理工的人會講「測不準原理」，卻不知道這個西方理論根本就是在講「渾沌」。西方科學已經發現科學的極限，發現科學不夠用，反而是老子、莊子有很多思想是非常近於尖端科技的觀念，而像作曲家約翰·凱吉（John Cage）這些在西方受高科技影響的藝術家，也都在講老子跟莊子，他們受到非常大的影響，因為他們發現裡面有最了不起的觀念，如莊子說「至大無外，至小無內」，其實就是更符合於今日科學的態度跟方法。

為什麼教育不能夠從這樣的起點開始？而且老莊的神話又是真正的「國文」，我覺得，在國文教學中多一點讓孩子有非答案性的思索過程，就是最好的思想教育。

知識本身就是權力

造成教科書被一種官學思想籠罩的原因，有可能是因為這些編輯教科書的人，本身就是受害者。包括我在內，成長過程中受到的官學教育已經發生作用，我要用非常大的力量才能夠去對抗，即使如此，我講課時可能還是會口口聲聲提到天地君親師。我的意思是說，今天書讀得越好的人，越可能是官學的闡述者，因為，官學已經滲入骨髓了，要反，很難！

我們看到明朝的徐渭和張岱都是反官學的，可是三、四百年過去了，他們的思想並沒有成為新的正統，還是被列在旁門左道，沒有人敢去承認它。我想，革命者是寂寞的，必須孤單的在自己的時代裡去對抗巨大的官學，而這個官學又是擁有多麼大的力量，讓它可以轉變成各種形式，加強本身的穩定性。這種穩定是危險的，當一種文化已經長久穩定到一種程度，就很容易變成統治者愚弄人民的手段，我寧可它是不穩定的狀態，因為不穩定才有調整的可能。

今天我們要把國立編譯館的官學權力拿掉是容易的，但是要把官學思想的陰影從編撰教科書的人身上除去，卻是非常困難。因為官學思想已經變成一種像法國哲學家米歇爾・傅柯（Michel Foucault）所講的，知識本身就是權力。這些人通過這麼多次考試，拿到學位，拿到編撰教科書的資格，他當然會成為官學的維護者，不然就跟自己的身分牴觸了。

但是就像那位學生與老師的對話，當學生問出：「可不可以不死？」的問題時，思想就有了顛覆的契機。當我聽到這句話時，我覺得我們的啟蒙運動要開始了。而當他進一步問出：「官要做到多大才應該死？」就是對於權力的質疑：你告訴我要忠君，那你先表現給我看呀，我要先檢驗你們的節操，才決定我要不要去做。一九四九年時，有人就跑啦！他們沒有做左忠毅公，也沒有上梅花嶺，而是飛到世界各國去了。我想，年輕一代應該有更多這樣子的一個思考力，去反證這些問題。

當然，我不是反對這些文章收錄到教科書裡，我要強調的是「平衡」，是要讓下一代有氣節，也要有性情，要理性，也要幻想，一個多元的人才是完滿跟健全的，如果只有一個部分，就會非常危險。

千錘百鍊的經典

教育真的要一步一步的轉型，文化改革本來就要比政治制度的改革要難、要慢得多，因為大家還在一個框框裡，這個框框一下子無法動搖。但對島上的人來說，這是一個機會，而且剛好，我說的「剛好」是從地理位置上來說，台灣與中國隔著一道海峽，相對於中國正統文化，是處於邊陲，我覺得「邊陲」真的是一個最可愛的位置，它不是中央，如果今天我們身在北京，那就沒話說了。

在美術史上，現在大陸北京畫派跟南京畫派有很大的不同。南京一直是南朝的首都，也是對抗北京（北方政權）的地方，所以南朝文化一直有一種個人的、比較文人的、反官學的思想，它不是那麼明目張膽，但是有一種潛意識裡的反官學。你看歷史上，北方有難就往南京逃，這些逃難的人沒有選擇悲壯的死，而是創造出自三國吳晉到南朝宋齊梁陳的「六朝金粉」景象，去追求一些感官的、浪漫的東西。一直到現在，大陸北京畫派還是大山大水，繼續偉大的傳統，南京畫派就出現像徐樂樂這樣的新文人畫，他們不去比偉大，他們覺得我本來就不偉大，他們就是要畫一些有趣的小品。

與南京相比，台灣是更邊陲的位置，甚至還可以決定要不要聯繫在這個系統當中，他是可以選擇游離的。在這個位置上，我們要思考什麼是該選入教材的「經典」時，選擇就不會只是現在認知的漢語經典，漢語應該也要包括河洛話、客家話吧？原住民的作品是不是經典？台灣割讓日本期間，如賴和、楊逵這些作家，用日語創作的作品是不是經典？在那個時代，他們接受了一個語言，這個語言就是他們的官學，他們講日本話，又用日本話寫了像〈送報伕〉這種抗議政權壓迫的文章出來，我們要把它翻譯成中文閱讀嗎？

這些問題是一連串的問號。這些問號代表的是挑戰，其實經典之所以為經典，是要不斷接受挑戰，不接受挑戰，就不配叫經典。很多人不敢批判經典，我卻認為，經典文學本來就不是拿出來做神像供奉，是要「千錘百鍊」的。像《詩經》、《楚辭》這樣的經典，也是經過一再的挑戰，譬如說蒙古人入主中原時，蒙古人為什麼要讀《詩經》？裡面描述的內容又與他們的生活無關，

新官學

官學不是不好，
不好的是腐敗的、壓迫性的官學，
牢固到讓個體根本不敢承認
他本來就存在的個性。

攝影／湯承勳

但是《詩經》還是被傳承下來了，它通過挑戰了。

我覺得台灣尤其適合去挑戰經典。我舉美術史為例，當我們說范寬的《谿山行旅圖》是經典時，沒有人會懷疑，可是如果我問日據時代的畫家陳澄波是不是經典？這就是可以討論的，因為日據時代這樣一個畫家，他對台灣的經典性簡直跟范寬在北宋建立的經典性是相等的。當我們在台灣，可以去討論兩者的並存性，可是如果是在廣東、在南京，就沒有機會了，我的意思是說，只有在台灣你會為他爭辯，在大陸沒有人會為他爭辯的，這是創作者對一個地方的特殊性，也是我們要特別珍惜的部分。

譬如說將來在新疆，是不是應該要有維吾爾族自己的經典，還是應該全部閱讀漢文經典？這是一個非常直接的問題。我如果是維吾爾族，我為什麼要讀《詩經》？要他們讀《詩經》，很明顯就是政治上的壓迫，用一個升學考試制度讓你不敢不讀。他們可以讀漢文經典，但是不是也可以不讀，或者，他們可不可以擁有自己的經典？這裡面是需要有多重思考，不應該有立即的答案。

開出不一樣的花朵

官學不是不好，不好的是腐敗的、壓迫性的官學，牢固到讓個體根本不敢承認他本來就存在的個性，譬如夫妻倫理是一種官學，如果我們只承認這一個系統，而排斥同居、同性相戀，就是一種壓迫；如果為了維護這個倫理，夫妻之間互相裝針孔攝影機以監控對方，這就是一種腐敗，而這種官學真的已經不必要了。

我記得第一次看到《美麗少年》（由獨立紀錄片工作者陳俊志所拍攝）這部電影時，很不習慣，我覺得這些孩子怎麼這麼……無聊？抽菸、染髮、變裝，一點都不美。然後我發現，這就是我的「官學」，我要一個美的東西，我可以接受同性戀，但是是像邱妙津（《蒙馬特遺書》作者）那樣的書寫，當我看《美麗少年》時，我便覺得要談同性戀應該要談得美一點呀，怎麼這麼不美？

事實上這就是我的官學了，我已經受到限制，而且還很強烈。當我覺察到這一點時，我開始很高興有年輕一代拍出這樣的電影，他們已經跳出同性戀要悲壯犧牲的框框，他們很開心，他們不要再哭哭啼啼，主角很快就在學校裡跟大家講自己的身分，甚至片中的那個父親，還可以每天開著貨車去接他那個扮演反串秀的兒子回家，我覺得這個爸爸的官學比我少好多。

我們都是已經很能夠反省自己，很能夠調整自己的人，可是在官學系統中，還是不免有一些陰影。譬如我們會覺得生活在邊緣的人應該是受苦煎熬的，當我們忽然發現這些人既不受苦，也不煎熬時，正好就是讓我們發現自己的官學不對了、要再調整了。

對我而言，《美麗少年》是一個新的神話，在我的年代不能想像這些孩子能這樣活著，然後用這種方式對待自己，當我把電影看完後，發現生命裡多了一些不同的東西，我很感謝這些東西，他在幫助我成長，像我這樣一個很容易變保守跟僵化的年齡，還可以有機會繼續成長，是一件值得開心的事。

我也在電影裡看到了古老的神話，在希臘神話中，有一個神被處罰，每一次性交完就會變一次性別，所以在羅浮宮裡，我們就會看到有具備男性生殖器和女性生殖器的神，因為他被懲罰了。在《美麗少年》中，也用了這個潛意識，談到了性別跨越的問題。

柏拉圖也有談過，人被分開來後去尋找自己另外一個有缺陷的部分，人和動物不同，動物的性是一種分泌，在某一個季節分泌出特定的物質，才有性的部分，而人的分泌與動物不同，可能是唸一首詩，可能是演奏音樂，所以是超越性別性的。柏拉圖把性交分為兩種，一種是生殖的性交，一種是精神的性交，動物的性交才是需要分別雌雄，而精神性的性交上只需要一個精神上依戀的對象，可以是男生也可以是女生。

台灣現在年輕一代已經可以在這個層次上討論，我想，如果能跟他們坐下來談一談，他們會告訴你很多這種事。只要不用我們的官學思想去壓迫，他們一定會開出不一樣的花朵！

新倫理

攝影／湯承勳

03 新倫理

台灣需要把問題釐清，
到底要的是一個什麼樣的社會？
什麼樣的倫理？

新倫理

「難」絕對是生命中幸福的開始，
「容易」絕不是該慶幸的事。

我們在看很多社會事件時，會從法律的角度，看到一個加害者，一個受害者。可是社會是一個非常複雜的整體，對於一件事情，除了法律觀點之外，還會有道德、文化、宗教觀點，任何一種觀點的偏廢，都是不好的。社會本來就需要平衡，不可能只有某一部分，只有法律沒有辦法完完全全讓人類的文明變好，只有道德或只有文化，一樣是不可行。

基本上，我們也沒有辦法將它們分開。沒有文化的法律是粗糙的法律，是沒有對人關懷的法律。法律是為了什麼存在？是為了關心人，它的本質是「哀矜而勿喜」，也就是說，再怎麼去制定法律，都要知道這是不得已。我們今天看到一個重刑犯伏法，很慶幸的說，這個人十惡不赦，被判死刑活該，也覺得制定這樣的法律會對犯罪有抑制的作用，但實際上，法律沒有辦法制止任何東西，這種報復性的法律就是沒有文化的法律。

當眾人在指責一個人的「惡」的時候，我覺得最大的惡意是在眾人之中，而且眾人的惡意是殺人的動力，大家都急於要把一個人判死刑、要他死，這是很恐怖的。但我們的媒體不會去檢討這樣的東西，甚至去「偽善」，我覺得那才是最可怕的事。

我想，真正好的、有文化的規範，是內省的，不是向外指責。一味的向外指責時，他就沒有能力去解讀更多的東西，他就很容易被有心人士或是媒體煽動。

話說回來，民眾很容易被煽動，也是因為在他們的成長過程、受教育的過程，或者打開電視廣播媒體，會發現大部分的聲音都是在煽動。男孩子在青少年時期看了多少媒體播放的色情片，讓他的情慾只剩下雄性動物的原始本能，而在他情慾過剩時，他想到的發洩方式就是去強暴。那麼在大眾指責他時，是不是也要連帶一起檢討媒體的部分？又譬如孩子成天在電玩遊戲中打打殺殺，讓他把暴力視為理所當然，而在一氣之下動手殺人時，那些真正殺人的、為了賺錢、為了商業利益，所設計出來一套一套的電玩遊戲，也應該被檢查、被檢討。

內省能力需要教育

我覺得，很多新聞事件中，最大的受害者是大眾，因為這些事件會層出不窮、在這個社會裡一再發生，今天是在別人身上發上，誰知道下一次會不會在我的身上發生？它是一個隨時會爆炸的東西，我們都是受害者。

這時候光靠法律也是沒有意義，我的意思就是說，一個更大的果報在後面等著我們，當人們沒有內省能力，忙著指責別人時，他遲早會用不同的方式在殺人，甚至法律也是在殺人。

內省能力需要教育，並不是天生的，如果教育沒有引帶出個人的內省能力，最後卻要求他自省，我們就是殺人凶手。就好像我們讀到報紙上寫，殺人凶手看到對方死掉還會微笑，所有人都毛骨悚然，痛恨得要死；可是他在電玩遊戲裡，不就是如此，打到一個人死掉，他當然微笑，因為他可以得分、得到獎賞。

我們不可能不讓孩子去接觸這些東西，不只是在台灣，全世界都是如此，因為裡面有商業利益，有利益就會有人做，包括色情影片，包括暴力遊戲，就是因此而廣為流傳。

如果我們用「因果」的概念來看這些問題，要改變「果」就要改變「因」，如果我們對於「因」無能為力，這個「果」也是理所當然。

我們需要對於「因」的覺悟，當看到那麼多那麼可怕的滅門血案、強暴案、凶殺案時，不是事不關己的看過就算，也不是捧著八卦雜誌從中得到亢奮的快感；我常常覺得事件發生時，圍觀的群眾本身都在幫助血案凶手，用殘酷一點的話來說，好像要吸血才能活著的那種感覺——因為他的生活很單調很無聊，所以他把傷害事件當作一種刺激，沒有任何反省與自覺。

我覺得那是整個社會共同的殘酷。

而背後巨大的因果是，什麼樣的人選出了什麼樣的民意代表，什麼樣的民意代表在制定什麼樣的法律，什麼樣的法律推動什麼樣的社會；個人與這個巨大的因果鏈或許難以抗衡，或許會有很深的無力感，但我們仍然願意用一點點的演講，一點點的書寫，一點點的影響力，去對抗電視一打開看到的肢體衝突、粗俗咒罵，因為這是我們自己造的因，我們自己也在這個果報當中。

台灣人因為多次面臨政治的更替、社會的轉型，基本上是被壓迫的，所以在性格上有某些弱點，容易被煽動；因為容易被煽動，就會滾成另外一個因果，並且造成文化層次的斷裂，而不同層次的人也很難互相溝通。這是回到人民本身素質的問題，但這個部分不是今天靠著兩句口號，要提高人民素質就提高，還是要用一個大量性的媒體去發生影響力。我曾經有一個很奇怪的願望，就是希望進入媒體，感化媒體，卻發現進去的人全部陣亡。有一個學生打電話給我，說他要離開媒體，他說他爸爸很生氣，因為兒子在那個媒體做事，讓他覺得好驕傲。但他自己卻痛苦不堪，因為他覺得每天要處理那些新聞，已經讓他整個生命都扭曲了。

我從他的聲音聽到，他已經虛脫了。他每天辛苦採訪，可是新聞播出來時，他自己看了都嚇一跳，他不知道自己到底在做什麼，跟他在學校學的新聞規則完全不一樣。這是一個還有感覺、有人性的學生，所以他在那樣的地方會有衝突，但我想他如果不退下來，再做幾年，他也就麻木了，甚至可能會開始認同。多少和我同年齡的朋友，在媒體工作，都已經是主管級了，他們就是視而不見，因為他們覺得每一個電視台都在爭收視率，他們沒有做錯。

我想我們這一代的人會更清楚，因為我們童年沒有電視、沒有電話、沒有電腦，可是我不覺得那個時候不快樂。很多人說那是經濟貧窮的年代，我認為是絕大的誤解。我不覺得那時候「窮」，那時候有一個這麼富足的大自然，在山上、在河裡可以看到那麼多種的生物，那時候的人有豐富的生命，也有豐富的人性。

由大國操控的意識形態

我常常跟很多朋友說，我一直認為台灣是「第三世界」，基本上是第一世界、第二世界資本主義系統中的加工出口處，本身沒有自主性的經濟，而是由大國操控，早期是蘇聯或是歐洲，現在則是美國。這些強國把訂單丟給台灣，台灣就以其廉價勞力來生產，賺取酬勞，因此變得富有，卻也失去了自主性。近幾年來，台灣的電子業比較興盛了，卻還是受制於國際市場，就是說美國一打噴嚏我們就感冒了。

一般而言，亞洲、非洲、拉丁美洲這幾個地區都是典型的第三世界，以第一世界、第二世界馬首是瞻。比如說電影《鐵達尼號》關我們什麼事？可是經由美國巨大的好萊塢經濟體制，它可以行銷全世界，成為一個夢想，一個偉大的、感人的東西，其實這是意識形態的傾銷，最後我們就會接受，就像現在穿衣服的方式、吃東西的方式，甚至談戀愛的方式，都已經跟第一世界一樣，我們也用這個意識形態去面對很多生命現象。

事實上，第三世界是很不自主的，從物質的不自主到政治、經濟的不自主，更重要的是意識形態的不自主。台灣是很典型的第三世界，而且不想反抗。

相反的，伊朗也是第三世界，卻在這幾年用激烈的力量去對抗第一世界。我們在台灣報導伊斯蘭教國家的資訊，常常是翻譯自美國新聞，對於伊斯蘭教國家的印象，就是獨裁、野蠻、恐怖分子很多，我們並不知道像伊朗這樣的伊斯蘭教國家有什麼樣的文化，在近百年來受到什麼樣的屈辱，只知道在伊斯蘭教文化中，一個男人可以娶四個太太，我們透過美國人的轉述，覺得這個文化很落後，就是屈辱了他們的文化、他們的族群生態。我們從來沒有好好認真思考，伊朗之所以為伊朗的原因。

伊朗導演阿巴斯（Abbas Kiarostami, 1940-）的電影，我一直非常非常喜歡。尤其在台灣這麼快速、這麼講求物質的社會裡，實在更應該安靜的去看看阿巴斯的電影，像《櫻桃的滋味》（*A Taste of Cherry*）。阿巴斯是留過學的，他也有受到第一世界資本主義意識形態的影響，所以他的電影裡有一幕是導演要一個女孩說我愛你，這個女孩是臨時演員，前面台詞都沒有問題，每到那一句「我愛你」時，她就講不出來。導演說，妳怎麼搞的，妳現在應該講這句話。女孩說好，可是開麥拉後，鏡頭對著她，她還是講不出來，就這樣重複了二十幾次。那部電影很奇怪，我想沒有耐心的觀眾大概看不下去，我第一次看也覺得莫名其妙，這個導演怎麼會一直重複，那個女孩也一直重複，為什麼這麼一句簡單的台詞，她都說不出來？讓導演簡直是氣死了。

最後有人把導演叫到旁邊說，這裡的女孩子不可以跟男人講這句話，因為她還沒結婚。雖然導演認為他是在拍電影，它並不是現實人生，可是對一個伊斯蘭教信仰的女孩來說，她就是說不出口。

阿巴斯要說的是一種信仰，不是因為拍電影，就什麼都可以放棄，要脫衣服就脫衣服，要船沉之前拉美麗的小提琴曲就得拉，那是意識形態的包裝。在鐵達尼號沉船的慘劇發生時，有人拉著小提琴嗎？會感傷、浪漫到這樣的程度嗎？

我們常常不知不覺受到意識形態影響，卻以為這些都是理所當然的。當然，台灣也有一些有第三世界自覺的人，在電影界裡像是侯孝賢、蔡明亮，都是我很尊敬的，他們努力的讓台灣在做為第三世界時，還有自己的身分，讓全世界知道原來有一個叫做台灣的地方，有兩千多萬人是用這樣子的方式活著，一點都不虛假。

生命中幸福的開始

我自己曾坐在佛羅倫斯的亞諾河畔，思考著一個文明，一個文化，寫下了〈叫做亞諾的河流〉（收錄於《寫給Ly's M》，一九九九年聯合文學出版），我思考著這座城市很多的前因後果，這裡的人經過長達一千年的中世紀，承受宗教對於人的壓力，一種禁慾、對慾望的不可討論，才慢慢的、一點一點的從宗教的禁忌中掙脫，去確立人的意義，開始畫人。在前一千年中是不可以畫人的，因為人沒有被描述的價值，但從那個時期開始，他們開始面對身邊的人、開始去做描述，所以今天我們能看到蒙娜麗莎坐在那邊微笑，它不是一個簡單的肖像畫而已，它標誌著一個人可以被當成人看待的意義與價值。

我坐在那條河邊想，在我們的文化裡，人一直是面目模糊的，也很少去思考人的意義與價值。我們似乎很少有一幅能讓你記憶住的肖像。當然，我們會在某些地方看到少數幾個肖像立在那裡；或者打開報紙、打開電視，看到許許多多的肖像，一個凶殺案裡就有兩個肖像，一個殺人的、一個被殺的。肖像似乎無所不在，卻好像沒有一個可以被記憶、被欣賞、或者被仰望、被思念的，它能夠穩定的存在著，而不被時代沖毀。我想這是為什麼佛羅倫斯的文藝復興時期會讓人懷念，因為人的生存價值與意義，在那樣的一個思索過程中，留下來的肖像是足以做為榜樣，引領每一個人去努力的。我們的社會好像少了這一個部分，是消失了或者是被沖亂了？

我並不是說，要恢復過去的英雄崇拜，或者是對於偉人的仰望，我不覺得應該要退回到那個時代。可是我會感覺到，崇拜本身是一種高貴的情操，我不希望針對某一個個人，但我希望心裡能保有崇拜之感或者仰望之感。我自己一直在尋找一個使我可以仰望的生命的意義跟價值，我會跑到佛羅倫斯坐在河邊，是因為我覺得有些生命是讓我崇拜的，他們讓我覺得他們是崇高的生命。可是對新世代的年輕人而言，他們在商業文化裡成長，不知道什麼叫做崇高，甚至他們所崇拜的偶像，也可以是不崇高的，可以拿出來調侃、開玩笑或者污辱的，這時候我會覺得有一點混亂，就是人內在有沒有一種情操叫做崇高，或者叫做潔淨，或者叫做高貴？如果沒有的話，是不是人性就走到不高貴、不崇高，比較低俗的或者粗糙的狀態中了？

我常在旅遊中，到了某些文化的市鎮，就會拿來跟自己的故鄉做對比，心裡有很多很多的反省與感觸，當然一下子不可能有答案，只是心裡面會懷著一個很大的盼望，應該不至於完全落空吧，總覺得會有一些踏實的東西，在這個社會裡面慢慢被找到。

今天我們說，這是一個富裕的時代，商業的富裕提供了物質上的滿足，我們很容易得到想要的東西，一雙鞋子、一件衣服，甚至一個人，拿錢就可以買到了。可是中間有一個東西，在容易購買、容易販賣的過程中，遺失掉了，這個遺失的部分恐怕就是台灣目前最大的難題。

小時候，我們會為了一本同班同學忘掉的筆記本，翻山越嶺渡過淡水河送去他家，那時候淡水河橋很少，我要繞很遠的路，從延平北路、迪化街，一直走到今天的大橋那一帶，然後走過大橋到三重，到同學家，現在那個記憶很深……

我的意思是說，「難」絕對是生命中幸福的開始，「容易」絕不是該慶幸的事。

我的學生說他們要找人上床真的好容易，可是我覺得他們的愛好短淺，我好高興我那個年代這件事是難的，所以會有渴望、有盼望、有期待，所以到最後有珍惜。

我家裡有很多破鞋子，朋友來看說，這個起碼已經十年沒有穿了吧，我說對，他說那還不丟掉。我不知道為什麼我丟不掉，我覺得真的是很難解釋，因為它裡面有記憶，它不只是一個物質。這些鞋跟我的腳已經發生了一種每天一起走路，走過長長一段過去的關係；同樣的，跟你生活在一起的人，雖然他的身體在衰老，可是你會知道他衰老的每一個細節，所以你不會輕易離開。我常常聽到學生跟我講他們的苦悶之後，我一方面悲憫，另外一方面對自己有好大的慶幸，慶幸我沒有活在他們的時代裡。我知道他們的苦惱在哪裡，可是我真的也無法為他們解答，我只能告訴他們，可不可能多一點盼望、多一點期待、多一點珍惜？

可是所有的物質、關係都真的太容易了，教他怎麼珍惜？他知道永遠還有機會要很多其他的東西。

我常常跟人家講，從來沒有想過要去伊朗，但因為阿巴斯，我想去看看這個國家，我尊敬那個民族，因為那裡有一個這麼好的導演，讓我看到生命有信仰，有一個他非常相信的東西，尤其是他有幾部電影是在伊朗大地震之後拍的，路也斷了，物資都沒有了，在那個狀況下伊朗的人還是活下來了，我真是佩服這個導演，他把人的信仰忠實呈現出來了。

信仰本身是一個過程，它並不在於終結點，也就是說，你不是真的要崇拜一個人或盼望一樣東西，而是保持心裡面的崇拜感；這個崇拜感的對象可以是對宇宙、可以對不可解的海洋潮汐、可以對於人世間複雜的因果。這種信仰、崇拜感是經過思考的，不是像過去有一段時間被強迫要崇拜英雄偉人，這種強加的崇拜，是權力者的愚弄，所以我們會覺得很痛苦。

另一方面，商業用金錢堆砌的偶像，也會讓人沒有辦法思考。你去買他的照片，買他的商品，看到他就興奮得又哭又叫……我想，那是另一種形態的愚弄。在我們擺脫政治上的愚弄後，商業上的愚弄卻是變本加厲的在發展，這也是我們要做的反省。

社會需要多一點思考

其實我對《可蘭經》不了解，對伊斯蘭教也不了解，可是我看到阿巴斯的電影之後，我覺得我不應該在不了解的狀況下隨便批判。那裡面有一種我不了解的力量，在地球上有這麼多的人信仰這個力量，它不應該是隨便被批判的，一定有它的道理。就像在阿巴斯的電影中，有一些蹲在清真寺門口的老人，對他們的孫子說：「你過來」，孫子就跑過去，然後爺爺就罵他兩句，孫子就走了。然後老人就跟旁邊的人說：「小孩子沒事要罵他兩句，他才知道敬畏。」

在台灣，若是提出這樣子的教育觀念，不被罵死才怪吧。

但這就是這個導演讓我佩服的地方，他不作假，他讓你看到：就是這樣子，我們的文化就是這樣。我記得小時候在廟口也是這樣，常常無緣無故被一個不認識的老人叫過去，罵我一頓說：「你現在不是應該在學校上課嗎？怎麼會在這邊逛？」

我想，那是一個倚賴在土地裡的人才會有的信仰，現在絕對沒有人會如此吧。我有一個學生說他晚上八點鐘在SOGO百貨前被不認識的人打，沒有一個人伸出援手，最後他是自己跑到醫院去包紮。如果我們覺得老人隨便叫小孩子來罵兩句，是很壞的教育，於是宣揚另外一種自由的教育，就有可能變成走在街上被殺了也沒有人管。這兩件事可能是一體兩面的。

很多朋友對我說，好羨慕你演講的時候可以輕輕鬆鬆就把唐詩宋詞背出來，我說你不要羨慕我，那是小時候被爸爸懲罰，做錯一件事，就罰背一首詩，是這樣背出來的。可是，我當時所受的管教，對現在的人來說是不好的教育，現在的孩子一不能體罰，二不能強迫背誦，要用理解的方式。所以可能在他記憶力最好的年齡，沒有去記一些東西，長大之後，就沒有文學的庫存。我的意思是說，所有的東西都是一體兩面，有正面有負面，有優點有缺點，我們常在改革的過程中，把過去所依循的負面缺點放大，不思考正面優點，等改革過來以後，又只看到新制度的正面，沒有看到負面，因而變成另一個更大的問題，直到下一次的改革。

我們實在需要更多的思考。

像伊朗這麼一個伊斯蘭教國家，在世界上也不占什麼分量，或者說微不足道的，可能過去看到的消息都是負面的，可是從阿巴斯的電影，我們可以看到伊朗文化上深厚的東西，我想，這是第三世界應該要有的覺醒，不是在第一世界、第二世界的物化過程中隨波逐流，一旦我們把這些重要的文化丟了，有一天要回頭找也找不到了。台灣是最明顯的，在短時間致富後，就被沖昏頭，以為自己可以擠入第一世界；可是實際上，一點點政治上的風吹草動，一點點國際局勢的風吹草動，台灣都會被吹得東倒西歪。我們在財富上很囂張，但這是假象，也很危險，我甚至覺得，很多人看了電影《天堂的孩子》裡小男孩為了一雙鞋那麼拚命時，會說：「這還不簡單，我們就送三億雙鞋子去嘛。」

我非常害怕這樣的事。

我中學時代，菲律賓是我非常仰望的國家，那時候我們有菲律賓的僑生，覺得他好棒喔，因為他穿的鞋子是我們沒有的，好時髦。後來菲律賓因為政治的黑道、黑金的問題不能解決，讓菲律賓人要離鄉背井去賺錢，淪為亞洲的菲傭。

我其實很害怕，因為我覺得我們並沒有那麼厚實的基礎，而我們的自大，將使我們落入不能順利發展的狀態。

人際關係的變幻

當我們從「要花很長的時間期待，很困難的得到一樣東西」變成很快速、很容易就能取得，而且選擇更多，於是有後來的不珍惜。當這個現象轉換到倫理跟人際關係上，就會變成一種新的問題。

譬如現在的網路戀情、一夜情，那種情愛關係的混亂。當然，我說「混亂」是用過去的倫理來看，可是我們都知道，倫理、愛是跟著環境在變，並不是絕對的，它其實也跟很多東西錯雜在一起。

我住在巴黎的時候，我覺得法國整個社會的節奏與速度沒有像我們那麼躁動，因為它本身的舊傳統和新科技沒有完全的對立。法國的科技當然比台灣進步，可是相對的，他們的文化也深厚，而我們經常在炫耀高科技，社會文化卻是短淺的，缺乏一種厚實的淵源讓我們穩定下來。尤其我們

新倫理

如果我們真的要接受西方的資本主義，
不要傳統倫理，
那麼是不是父母也應該學西方倫理，
讓孩子十三、四歲就獨立，要讀大學就想辦法籌學費？

攝影／湯承勳

還有一個很深的矛盾，就是試圖要與文化母體切割，以表示獨立性，這固然是無可厚非，也可能是好的，可是當我們為了不受母體限制，而把母體深厚文化的淵源也切斷時，自己就會變得很短淺。

台灣真的有重重的矛盾，我們希望自己是獨立的，不受母體干擾，不會被飛彈威脅，所以把自己一步一步孤立出來，最後母體的大文化、大傳統，以及很深厚的倫理，也被切斷了。今日社會上很多關係的混亂，都跟母體文化切斷有關。過去我會覺得，沒關係，切斷就切斷，管他的。可是當問題一個一個浮出來時，我開始覺得那種矛盾是一個很大的問題。不要忘記《論語》曾經在這個島嶼上發生了很大的作用，如今它變成一個腐朽的符號，慢慢消失；還有那些戲曲、那些傳統的詩詞，在泛政治的思考之下，都變成不合時宜，也慢慢被淘汰。這種矛盾恐怕不是一下子可以解答的，台灣大概特別需要有更周到、更周密的心思，才能夠在轉型過程裡不會掉入進退失據的困境。

我想，一個社會的變跟不變，只是一個互動的關係。在快速的變動當中，我們完全遺忘了不變性的穩定力量，就好像我們切掉了《論語》、唐詩、宋詞裡面基本的精神，接下來，什麼東西可以替代它？

台灣基本上還是一個第三世界的形態，它的富有並不是一個因襲而且長久的，外在的變數還是很大，所以我們對於財富其實是有焦慮感、不安定感的，在這樣子的狀況下，我觀察到台灣的一些企業或者家族，流動性很大，好像隨時準備著要走，或者是要結束，或者要變壞，與歐洲資本主義那種一代一代傳承的企業，絕對不一樣。我想這個是台灣目前一個巨大的悲劇，也使下一代處於一個慌亂的狀況，這裡面最有趣的是，我們切斷了文化，卻保留了過去中國家庭裡面對孩子的保護和供應，所有東西都給孩子，所以今天的孩子，他們為所欲為，予取予求，因為傳統的父母對子女的愛已經變質成一種墮落的引導，就是讓他們取得物質變得非常容易，要什麼就給什麼，他們從小就沒有艱難取得東西的經驗，艱難是一種教育，沒有艱難感就沒有珍惜。

老畫家劉其偉說過，他因為受日本教育，到九十歲高齡時還會想去非洲、去婆羅洲冒險，他就覺得中國人的教育根本是一種安逸的教育，在孩子的成長過程中，對於冒險犯難的鼓勵非常非常少，因為中國是農業保守的社會，離家就代表悲劇。如果我們真的要接受西方的資本主義，不要傳統倫理，那麼是不是父母也應該學西方倫理，讓孩子十三、四歲就獨立，要讀大學就想辦法籌學費？而不是把兩種倫理負面的東西合在一起，教出一個被寵壞的小孩。

我們知道農業社會需要人力，所以發展出「父母在不遠遊」的倫理，把家族人力集中，而不同家族就組織成社區的關係，互相幫助，互相依存。農忙的時候就是這樣，稻成熟不收割就會腐爛、春雨過後一定要插秧，是有時間性的。所以農業社會發展出來的倫理需要一個人的內在的群體性很高，個人的獨立性就不需要。而西方發展商業、牧業，都是個人的，所以他們的文化標榜individual。在社會從農業轉換到商業以後，群體性的家族、社區倫理，受到西方個人主義的衝擊，變得扭曲了，比如那種互相依存的關係，轉化成前面提到的八卦性，因為農業社會裡個人的所有行為就是會受到社區的監督；比如父傳子的觀念，以至於很多的企業家第一代把公司交給孩子，但孩子不一定能夠承擔這個任務，最後就富不過三代。

如何界分權利與義務

一個現代的民主社會，是由公民（citizen）的觀念建立起來的。公民就是說你入了國籍，信仰該國的憲法，比如台灣人到美國，入國籍並宣示效忠美國，他就是美國的公民。可是我們很多移民宣示的時候，自己也糊里糊塗，不知道怎麼回事，人家說他是美國人時，他還很生氣。因為他沒有公民的觀念，西方的公民觀念是說，你在成年有獨立意志之後，就有高度的選擇權，你可以決定居住在這裡，決定接受這裡的憲法，接受憲法賦予你的權利與義務。

可是在台灣我們口口聲聲說自己是民主國家，對於公民概念卻不清楚。我記得以前到選舉的時候，我父親就會要我投票給某一個政黨，他說你一定要投這個人，不然就是不孝。我那個時候就好衝突，我行使投票權，表示我是一個公民，應該有獨立自主的意志，為什麼要背負不孝的罪名？如果我父親知道什麼叫做公民的意義，他不會跟我講這句話。這就是我要說的，我們接受一個新的制度，卻還是沒有辦法跳脫傳統的迴旋，就是糾纏著很多的這種不舊不新的問題，而且常常立場是搖擺不定。

台灣需要把這些問題釐清，到底要的是一個什麼樣的社會？什麼樣的倫理？

這個問題在政治界也有，例如說某一個領導人與某一個職務的人「情同父子」，這根本就不是一個現代政治應該有的比喻，他們只有職務上的關係，但我們卻一直在混淆一些家族、社區倫理的觀念，模糊了問題。

如果在中國舊有的社會，道德是一種約束的力量，同時對家族也有一個相依賴的關係，如果我們是要鼓勵西方的倫理，把個人獨立出來，不要對家族負責，就需要社會的法律、公民的道德、公民的意識來做約束，這個部分是我們沒有建立起來的，所以沒有辦法替代原有的東西，只好又沿用舊有的，就變成不新不舊。

譬如很多人會說西方的個人主義會讓人變得自私，這就是錯誤的，他是自信跟自立，不是自私。自私是相對於中國舊的家庭倫理。小時候我們家八個人吃飯，那端出來的一盤菜，沒有人規定一個人吃多少，可是每個人都會知道，我稍微多吃一點，媽媽眼睛就會看我，如果我還沒有分寸，媽媽就會講：爸爸還沒有回來喔。就是吃菜的動作也要意識到群體，多吃了就叫做自私。可是今天，如果是另外一種社會，這個社會裡面對於每一個人的界分已經是做好的，就像吃自助餐，你的食物就在你的盤子裡，就沒有自私的問題了。

我在法國讀書的時候，女作家克莉絲蒂娃（Julia Kristeva）在研究人類的行為學，她對我說，你知道我為什麼要學中文嗎？因為我不能夠了解你們為什麼坐在一張圓桌上，沒有人規定說吃多少菜，而大家都知道吃多少菜。我當時覺得這個問題好荒謬，這不是很簡單嗎？她說，對她而言很難，因為在西方社會裡，如果不把食物分好，就不知道應該要吃多少。這個時候我就知道，我們原有的東西是有一個道德公式，踰越了公式就叫做自私，可是今天轉換成現代公民的時候，不應該存在自私的問題，因為法律跟道德原來就把每個人的權利、義務都界分好了。

如果法律跟道德沒有界分，又沒有舊社會的群體制衡，就會像動物一樣，大家一起搶，搶贏的就是最強的人、最霸道的人，再由他來分配。

我想，台灣會慢慢建立出一種新的結構，不會完全是像中國的，也不會完全是西方的，我們會有正直的法律，會有合理的公民道德，可是什麼時候能建立？我不曉得。

但我知道，法的公正性是一定要先建立起來，立法跟司法這兩部分，目前都是被污染的，沾帶了太多原有的家族的墮落性，是讓人非常憂心的問題。

當然光靠法是不夠的，還是需要有文化、道德、宗教等其他東西來輔助，我說法是當務之急，是因為法若不公正，其他輔助力量就會變成混水摸魚，甚至可能會反過來傷害法。

時代快速的進步，倫理不斷改變，人要在這麼不穩定的狀況下自處，應該是要找回自己的信仰，在對人、對事的期待與渴望中，重新去體驗追求本身代表的那種高貴性，才是永恆不變的。

新信仰

錄像攝影／郭芃君

04 新信仰

信仰最有價值的力量就是實踐。
生活在土地當中的人很自然會有信仰，
他會認為「我知道的，我就要去做」。

新信仰

愛因斯坦的信仰不是出自脆弱，而是謙卑，
因為他知道自己還有不足，
而知道自己的不足，是一種堅強。

生命在成長的過程中，有其自然的發展現象，人類有很多智慧就是從自然現象中學習到的，假設一百萬年前、幾十萬年前的人類，蹲在地上觀看一顆種子的發芽，開花到結果，或是發現季節的轉移、仰觀天上星辰，看到幾點鐘時星座會在哪一個方位，其實都是在學習大自然中的秩序，這種秩序的學習在人類文明歷史中，非常漫長，也非常珍貴。比如我們走到台北近郊汐止，就會發現當初的人如何去發現基隆河的潮汐到這裡是停止的，很多地名和觀念都是從大自然的觀察中建立起來的「信仰」。當他有這種信仰時，他就是生活在秩序中，會有一種安定感，他知道這棵植物枯萎了，但在下一個季節會再發芽，他發現了秩序，在植物枯萎時他就不會絕望、不會幻滅，他知道來年春天植物會再發芽。知道這個秩序、智慧的人，和不知道的人，他們的生命態度是不一樣的。

我們常常說，冬天已經來了，春天還會遠嗎？這也是從大自然中學習到的智慧，這種智慧也會變成我們的信仰。

信仰最有價值的力量就是實踐，在佛教經典中說「行深般若波羅蜜多」，「行深」這兩個字就是強調實踐。單單成為一種知識沒有意義，反而會成為沉重的包袱，甚至是一種「知障」，因為有知識就會賣弄，會被知識牽絆，反而一個教育程度不高的人，生活在土地當中，很自然的就會有信仰，會認為「我知道的，我就要去做」。

我一直很喜歡「行深」這兩個字，尤其是把「深」字加進去，就是在實踐過程中，不斷的、不斷的檢討自己是不是做到了？有時候做了，但可能做不夠，就是行不深。信仰本身具有非常強的實踐力量，哪怕是一種非常簡單的信仰。譬如說我觀察父親，在他青少年時期就培養九點鐘上床，五點鐘起來的規律，這看起來好像是很簡單的知識，可是當他到八十幾歲還這麼做時，就是一種信仰。不管在什麼樣的狀況，他都覺得這是他必須遵守的信仰，讓我很佩服，這就是「行深」。

這裡面沒有知識上的大道理，難就難在實踐，但對父親而言，他覺得不難了，因為根本已經變成一種信仰，如果說他每天還要「努力」去做到這件事，就表示尚有一些勉強，可是他是很自然的做到了；時間到了，他就覺得應該去睡覺，早上天一亮，鳥一叫，他就覺得該起床。他的生活好像跟自然的季節、日出日落之間，有了一個對話的關係。這種信仰是令現在的我很著迷的，它是完全順應自然的，健康的，不難做到，也不會走到歧途的。

把信仰導回心靈的本質

在一個「不對」的生活裡，信仰很容易走向歧途。不對，可能是指違反自然法則，譬如太急著吃這隻雞，太急著要吃到某種蔬果。如何在生活中找回信仰，並把信仰導回心靈的本質，是現代社會當務之急。

我們會發現，這個社會有許多人渴望信仰，說明了這個社會上有很多人想要對生命狀態中的無助、脆弱，有更多的認識，這部分是我們絕對要尊重的。如果不能尊重這個部分，我會有一種心痛的感覺。

其實，我們每一個人都會處於這種脆弱的狀態中；試想在一個暴風雨的夜晚，你浮沉於無邊際的海洋中，從你眼前漂過的任何一根小草，你都會想去抓它的——那麼當我們打開報紙，看到那麼多人無助的尋找著信仰時，我不太能理解，為什麼我們的媒體要去嘲笑這些人，或是批判這些人？

當然，我們希望這些無助的人，能真正找到讓自己生長出力量的信仰。但是，因為他無助，所以急切，因為急切，所以亂抓，而使得原本他擁有的某些健康的信仰，扭曲到另一個方向去。

這件事是兩面的。第一個我要說的是，我們不該嘲笑那些無助的、渴望信仰的人，我覺得，沒有信仰的人是全世界最痛苦的人。即使是再威權的帝王、再跋扈的將軍、再富有的商人，他們都有最無助的時刻，只是還沒有到那個關頭而已，到那個關頭的時候，他們不見得會比今天我們嘲笑的這些人好到哪裡去。在現實社會裡，那些咄咄逼人的人，在信仰面前都會下跪的。其實剛好說明，信仰本身絕對是人類最偉大的一個動機。

檯面上愈是強橫的人，愈不容易讓人看見他的脆弱之處，但是脆弱一定存在。年輕時我讀過一本書，作者說，在神的面前，我們每一個人都是乞丐。也就是說，我們每一個人都是平等的，不管是帝王或是平民，是知識分子或非知識分子，我們面臨的死亡是一樣的，我們也都無法解答生死

新信仰

信仰最可貴的，
就是一個自我反省的過程，
也就是認識自己有多貪心、
有多賴皮、有多恐懼。

攝影／梁鴻業

的問題，所以我們需要信仰。因為我們是在同一種處境中，所以對於擁有不同信仰的人，應該要有很大的寬容和悲憫。

我還是要提醒這一句，我們每一個人都可能遭遇災難，所以要留很大的餘地，在現實生活中越不留餘地的人，在脆弱時越可能亂抓。我不贊成當社會發生信仰的誤導現象時，就加以嘲笑、打擊，難道我們的社會不需要信仰嗎？這些事實只是說明了我們的社會欠缺信仰，我們的教育系統裡缺乏了極大的信仰教育。

我常看到一些在學校裡被視為問題學生的孩子，他們可能會去飆車、會去打電動玩具、會吸安非他命，可是當我跟著他們去旅行，經過樹林裡的一間小小的土地廟，他突然雙手合十，彎腰一拜，在那一剎那我非常震撼。那個行動本身就是信仰，讓我知道他還是信服什麼事的，這個信服的種子，總有一天會萌芽，讓他在為非作歹的時刻找回自我，這點我覺得非常非常的重要。

如果能讓孩子從小開始就有信仰，讓他信服，讓他知道頭頂之上有一股不可思議的力量在做引導，會讓他學會謙卑，對於他日後的成長，會有正面的影響。

我年輕時曾經加入天主教，因為那時候我很迷惑，想藉由宗教來尋找答案。我花了一整年的時間和神父一起研讀《聖經》，也接受受洗，成為正式的天主教徒。那時候，我每個星期日都會去參加彌撒的儀式，儀式進行前要做告解，在一個小房間裡，隔著網格、黑色簾幕，對著神父——這時候他代表的是神，不是神父，告訴他這一個星期來你所犯過的錯，你的慾望、你的貪婪、你的自私……這是我到目前為止都還很感謝的時刻，因為你知道有個說話的「對象」，而且他在聽。

通常神父不會告訴你這些行為是對是錯，只會告訴你去唸幾遍的天主經，然後領聖體。對我而言，唸經是懲罰，也是一種解脫。而「告解」其實不只是宗教儀式，有時候我寫日記、寫小說，有時候我跟朋友傾吐心事，都是一種告解的形式，就是在自我反省。

信仰裡面最可貴的就是一個自我反省的過程，也就是認識自己有多貪心、有多賴皮、有多恐懼。你知道了以後，再回到現世裡，在做人處事上都會有一些不同，平常的咄咄逼人可能會收斂一點點，平常的予取予求可能會稍微少一點點，其實只是平衡而已。

換一個角度來講，信仰不完全是因為脆弱。譬如二十世紀最偉大的科學家愛因斯坦，他在物理學上的知識是人類世界頂尖的，對於宇宙的了解，沒有人比得上，但他也是一個虔誠的教徒。很多人在檢討愛因斯坦在科學知識和宗教信仰上的矛盾，我們總覺得他應該用科學知識來理解整個世界。事實上，愛因斯坦的信仰不是出自脆弱，而是謙卑，因為他知道自己還有不足，而知道自己的不足是一種堅強。

當一個人知道自己的不足之處時，反而會讓我尊重他。一個商人應該知道斤斤計較累積財富之後的不足，一個政治家應該知道權力之後的不足，因為這個不足，所以有信仰，並讓信仰往健康有機的方向發展。

最高信仰就是自然

我說的健康、有機的信仰，是指非單一性的。信仰可以是哲學，可以是道德的實踐力量，也可以是美的完成，它跟很多東西有關，如果把信仰孤立出來，它就很危險。

只有一種信仰很可怕，譬如只有政治信仰，只有財富信仰，只有權力信仰，甚至只有單一的美的信仰，都是不健康的，它應該要平衡的，我不知道能不能說是一種「自然信仰」？就是對於各種現象都能有比較平衡的思維。如果有自然農耕法，我想也應該要有自然信仰法，把自然做為一種最高準則，就像老子說的：「人法地，地法天，天法道，道法自然」，最高信仰就是自然。

信仰沒有速成之道，我覺得它應該是一種長時間與困惑的對話關係，好像是在一種螺旋形的山路上盤旋，每次盤旋的過程中好像升高了一點點，又好像在原地繞圈圈，我的信仰追尋旅程到現在還沒有停止。從小時候到天主教堂拿卡片、背《聖經》，只是因為進口的卡片很漂亮，因為教堂的彩色玻璃很美，是不是真的信仰我不知道，那段時間的信仰其實是和美的感受結合在一起的，我會背《聖經》是為了得到卡片，但是那些句子還是讓我開始變化了。

老子最崇拜的信仰是嬰孩，他覺得嬰孩是最圓滿的狀態，因為無所求，無所缺，一旦開始有困惑、有不足時，就會追求，就會要「反璞歸真」，表示你開始作假了，你開始有很多尷尬、不舒服的情結，所以要努力回到璞跟真。這個過程，我稱它為信仰的過程，是很漫長的探索，而當你又回到璞跟真時，就不需要信仰了。

在青少年時期，因為身體、心理的變化，有更多的困惑，我需要更明顯的信仰，所以我進到天主教。到了高中、大學，我會希望信仰能夠和思維、哲學結合，這時候佛經更能滿足我，所以我長年住在廟裡讀佛經。這樣的信仰旅途，讓我聽到別人問我：「你信什麼教？」時，我會愣在那邊不知道怎麼回答。因為陪伴我的不是單一的宗教，而是所有的宗教陪伴我度過一個困惑、自我覺悟的過程，我到現在還是在一個巨大的困惑當中，所以我會說對於困惑的信仰不應該有嘲諷，而應該要悲憫，因為我們都在困惑當中，只是知道或不知道。

以我自己而言，我仍然在困惑中，但比較不急了，不會今天走進教堂、廟宇，就要立刻得到解答，或是今天買了什麼東西，做了多少捐獻，明天就要馬上解脫，我開始覺得信仰不需要這些形式，而是像一個好朋友，永遠陪伴在旁邊，和你做更多的對話，甚至勇於去自然的呈現自己脆弱的情感，因為已經夠堅強了。

信仰是在幫助人解惑的，如果無惑可解，信仰就消失了。《金剛經》說法、非法，一切法皆非法，這樣的說法讓我領悟很多，當法是虛妄的，那麼信仰本身有一天也可以是不存在的。因為它變成實踐的力量後，就不需要再拘束於語言、儀式了，這是一種階段性的，我們不需要去批判不同階段的人，去說：「你怎麼還在那個階段？」因為我們也曾在那個階段過，當你走過來以後，應該要知道每一步踏過來是多麼艱難，你不會去嘲笑，反而會尊敬。如果你會嘲笑某一個階段的信仰，就表示你連那個階段都還沒有到。

對於文化，我一直秉持一個原則，就是文化要與現實生活結合在一起，落實在生活當中，文化如果從生活裡隔離出去，這個文化本身就只是一種假象，甚至它只是過去的遺產，不是一個活生生的文化。

所以我不太能夠理解，一個國家美術館很好，表演藝術很發達，但國民的生活非常粗糙跟野蠻，我想這是不太可能的，兩者應該是一致的。所有在博物館裡面所得到的美的訓練，在音樂會、戲劇當中得到對生命的反省跟提煉，都應該在生活裡落實成為一種國民的品質。

當然，藝術的發展是一個上層結構，或者文化的表徵，可是更重要的是說，必須回到國民的生活中，在食衣住行裡再現，如果中間出現很大的落差，那就是有問題了。

以人情做為最高指向

紐約在七〇年代曾經有過很大的落差，可是他們經過長期的努力，如今紐約已經變成世界表演藝術、美術收藏品都是數一數二的城市，而國民的素質也慢慢培養起來了。

紐約的改變與立法有關，基本上在現代社會裡，一切東西都跟法規有關。而在台灣，法規不能說不嚴，我們有都市計畫的法規，有交通法規……甚至比世界很多國家都要嚴格。可是我們在執法上卻很難嚴格，因為我們有傳統儒家倫理中所謂的人情包袱，還有倫理中的一種「彈性太大」，可以這樣解釋，也可以那樣解釋，這就會讓執法者很為難。

從我的角度來看，我會希望倫理能夠傳沿，人情也是我們足以自豪的文化的一部分，但同時也很擔心它們會干擾法的嚴格性。常常一個法律事件都不是一個單純的法律事件。譬如我會聽到朋友說，今天碰到一個警察好好喔，跟他講因為家裡發生什麼樣的事情所以超速，他就沒有開我的罰單。這樣的事情其實是會讓人啼笑皆非，從人情來講他是個好警察，可是從法律來講，他是失職的警察，這裡面其實是多重矛盾。

我想每一個人，包括我自己在內，都要反省在我們身上，舊有傳統倫理跟現代新公民的法律觀，牴觸到什麼程度？不是在指責別人，而是自己做反省跟檢討，如果換作我碰到這個事情的時候，怎麼辦？

在西方社會裡面，你提出家裡發生什麼事情為理由，是很荒謬的，可是在台灣或是在中國，你會覺得非常合理，甚至還會覺得你怎麼可能不體諒？可是，當執法者老是在體諒時，所有的法都沒有辦法繼續談下去了。

我倒不是要指責執法的人，我想討論的是一個民族性的問題。這個民族性本身是以道德、倫理做為最高指向，以人情做為最高指向時，勢必會干擾法律，當然也會干擾到政治經濟的形態。試想一個都市中，所有的東西都可以被人情修正，人情最後就有可能會被利用，變成某一種壟斷，於是就有黑道綁標、圍標這種公共弊案，以及各種家族關係、人情的介入，使我們的都市計畫一直被修改，每一個環節都有各種的人情，原本一個很好的計畫就改壞掉了。

客觀上講只要執法比較嚴，就不會有這些問題，可是我們在對抗的是一個非常古老、非常巨大的包袱，這不是那麼容易的。

也許我們的社會需要非常出類拔萃的哲學家，他的思想冷靜、透徹、清晰到能夠呼籲出一種新的公民哲學。我說的公民哲學就是一個國家、一座城市裡的公民，要遵守的一個思想體系。目前我們沒有這樣的東西，所以很多時候是在模稜兩可的舊道德中，剛好是傷害了新公民哲學的可能性。

有時候我都覺得好像自己也在扮演這樣的角色，因為我在講的是人道主義、一種家族親情、一種人對人的互愛……可是到最後會發現，如果一個孩子在一個對的社會，在一個新的城市道德跟一個新的公民道德裡面，即使沒有家族、沒有父母，他都應該能夠被國家養大，這才是新道德。一個棄嬰可以被國家的社會局養大，一個孤獨的老人也可以被安養到善終。他不是依靠家族，也不是依靠人情，更不是依靠我們講的一種所謂愛或者道德，不是那麼空泛的東西，而是依靠一個

新信仰

知識並不能等同於智慧，
知識沒有辦法解答信仰的問題。

錄像攝影／郭芃君

很具體的社會福利政策。

反過來想，為什麼我們要丟掉舊傳統的包袱會這麼難？也許就是社會福利政策不夠完善。當你不照顧你的孩子時，會有人照顧嗎？你能夠放心嗎？如果不能，那麼家族、倫理、道德就有其存在的必要了。

如果你想到老了沒有兒女養你，就沒有任何人能照顧你，當你有這種恐慌的時候，你當然就只好講孝道。

我想新道德跟舊道德，其實是在一個西化的公民道德跟舊式的中國倫理的家族道德之間的衝突。而舊道德很多人在闡述，從一個完善的福利制度裡面建立起來的新道德卻很少人說。

思辨能力的培養

道德也可以是一種信仰。

信仰本身是一個比較寬泛的名稱，嚴格來說，與宗教是兩種不同的體系。宗教在定義上比較嚴格，有一套的完整的系統，從創世紀開始，宇宙怎麼創造、生命從哪裡來，到哪裡去……修行的過程及戒律也都非常完善。世界上能夠被稱為宗教的其實不多，如佛教、基督教、伊斯蘭教等。信仰就很多了，比如說媽祖、關公，它不是一個嚴格的宗教，卻是信仰。

所以，美學可以是一種信仰，政治可以是一種信仰，道德也可以是一種信仰。任何你在生命裡的某一個階段，所相信的事物都可以是信仰。信仰的對象可以改換，沒有那麼絕對。

中國對於宗教跟信仰兩個概念是比較含混的，不太會把它分清楚，比如說我們今天到台灣的一個廟宇，很多人就會籠統的說這是佛教的廟宇，其實它並不是。基本上，我們的民間信仰與佛教已經高度混雜，大家常常分不出來什麼叫做純粹的宗教，什麼叫做信仰。我想，這也是中國人比較固有的一種思想形態，就是不太會把一件事情弄得很清楚。很多人自豪的說，中國沒有宗教戰爭，其實中國根本沒有宗教，沒有本土的宗教，宗教都是外來的。道教本身是一個不成為西方嚴格的宗教學裡的宗教，因為它沒有一整套的完整的體系來規範。

從宗教學的角度來看，神跟人之間會有界線，有一個絕對的關係、絕對的位置，但在道教中，人可以變神，神可以變人，像八仙過海的八仙，其實不清楚到底是人還是神。這就比較偏向民間信仰，比較籠統，比較不那麼絕對，戒律也可有可無，調節性很大。

還有一點區別就是，凡是去祈求保佑，有一種功利性的交換，大概都是信仰，不是宗教。宗教不能如此，宗教是絕對的。所以在基督教舊約《聖經》裡，上帝要試驗亞伯拉罕，要他獻祭獨生子，我們看了可能會覺得很殘酷，可是在宗教的理論中是講得通的，因為上帝代表的是絕對的真理，人要信靠並樂意順服。

但信仰就不一定了。我們看到有人到廟宇裡求明牌，如果神明沒有猜對，甚至把佛像的頭砍掉。這是一個相對的功利信仰，不是絕對單一，有很多個人利益的成分摻雜在內。

我們社會曾經發生過很多次因為信仰而產生的問題，比如說多年前發生的年輕學子集體出家，這件事我自己其實有蠻深的感觸。

不管是年輕人出家，或者是成熟的中年人，功成名就的人，甚至社會名流出家，都是牽涉到某一種信仰而發生很多流弊。我不太想討論事件本身，反而覺得那些事件讓我感覺到社會裡缺乏一種信仰教育。

信仰教育是不是應該從兒童時期就開始，可能是幼稚園或者是小學，這是第一個可以思考的。而信仰就是你相信什麼，這個相信當然跟辯證有關。因為相信，所以會思考，會反省。可是信仰跟懷疑也有一個互動的關係，信仰教育簡單說就是思辨能力的培養。

思辨能力不是大學畢業、研究所畢業，或者功成名就的人就具備，事實上很多社經背景很好、高學歷的人，都因為信仰迷思而成為受害者，我覺得說，知識並不能等同於智慧，知識沒有辦法解答信仰的問題。

剛提到說，信仰跟懷疑有關，一個真正的信仰不會因為被懷疑、質問，就會瓦解；相反的，因為被懷疑跟質問，信仰會更牢固。最好的信仰，一定是禁得起所有人的懷疑。

台灣過去的威權信仰是不能夠被挑戰的，而這個遺毒到解嚴後的今天還沒有消失，因為這個信仰本身就是被保護，沒有機會去展現真正內涵上的深度及穩定力量。

世界上重要的宗教都是經過幾千年來千錘百鍊的挑戰，這些宗教信仰的建立，都是有過受難的過程，有降魔的過程。釋迦摩尼佛在菩提樹下靜坐，很重要一部分是降魔。降魔不一定是對外，還有是對內在，挑戰內在的所有思想，當然悟道的過程會有很多坎坷、挫折的，甚至也可能走錯路，也因此能凸顯最後所謂「正果」的精神。

基督教也是，耶穌在成道的過程中，有四十天在荒野受魔鬼的試探，這個試探其實也是他內心的東西。

我覺得一直很缺乏思想的課程，過去會上三民主義，那是思想，但是討論的很多東西是政治。人的思想絕對不只有政治，人的思想是很複雜的。為什麼在中學不可以有一門課是關於哲學或者是對世界宗教的闡述？這裡面就會觸碰到思想與信仰。

或者我們可以讀中國的諸子百家，不是只侷限於中國文化基本教材裡的四書，還有莊子、墨子、韓非、商鞅等等，這些人都提供了各種思想的方法。

而最重要的是，思想課程不能落入考試的陷阱，如果學生只是急切的要把答案背好，通過考試，他根本就沒有思考的過程。

肉必自腐而後蟲生

除了學校教育，我們整個社會教育也缺乏了思想性。你很少在一個社會裡看到知識分子這麼沒有思想，一談話就會發現，他整個邏輯的訓練跟思維的縝密性都不夠。如果我們的年輕人跟另一個社會的年輕人辦一場辯論比賽的話，恐怕一碰頭就垮掉了，因為他沒有思辨能力。這個垮掉很危險，因為垮掉也意指著，有一天他很容易相信什麼、不相信什麼……

不知道大家有沒有發現，社會在解嚴之後走向多元化，而人也變得很善變，一個人的思想可以一直在跳躍，從這個主義一下跳到另一個主義，從這個黨一下跳到那個黨。有時候我都會嚇一跳，到底他們在想些什麼？這其實是很危險的事情，尤其在一個已經成熟，比如說已經四十歲的人了，還一直替換信仰跟思想的時候，這個人本身需要被質問，到底你在想些什麼？

我很期待教育能培養出一位思想家，能主導一個長久的、永恆性的信仰，他可能是一位政治人物，可能是一位重要的社會領袖，他的語言不多，但非常有說服力，且具有永恆性，不會出爾反爾。

「肉必自腐而後蟲生」，我們現在討論社會的怪力亂神現象，只是在討論「蟲」的問題，不是本質，我們更應該討論的是肉為什麼會腐爛？那就是思辨教育的完全欠缺。

不管在佛教或是基督教，思辨都非常重要。整部《維摩詰經》維摩詰居士和文殊菩薩的對話，全部在思辨，而且從兩個角度去思辨，它提供了一個非常完善的修行過程的認知教育。在基督教的思想中，我們看到耶穌好幾次在跟法利賽人的辯論，也是在思辨所謂真理的問題，甚至在弟子之間也有很多思辨的問題。這些思辨的過程，才能構成一個牢固的、偉大的宗教，並真正發揮對人的影響力。

可是當今教育體系重視的是「結果」，急功近利的要求結果，少掉了思辨的過程，當然有一天會出問題。

我們通常講「修行」，很重要的一個部分是自己在修行的過程裡面，不管是透過哲學的修行，或者是宗教的修行，或者冥想的空間，去感覺到生命的一個反省、檢討、懺悔跟進步。可是如果大家都是急功近利的說：我修行的結果是什麼？我要因為修行而看到什麼、聽到什麼、得到什麼……全部是功利的，這個修行本身就已經被誤導了，跟炒股票、炒地皮沒有太大的差別，只是要求獲得一個利益而已。

他在現世裡這麼精明、這麼精打細算，得到各種利益，這樣的一個生命形態剛好欠缺痛苦，他也會要求來世有更大的、報償性的東西，這種目的性反而使修行變成一個極其沉重的痛苦，而不能夠得到一種釋放的輕盈。本來修行是要去拿掉一些東西，卻因為過於功利，反而背負了更多更沉重的東西，讓人在旁邊看了，都覺得擔憂、傷心。

其實一個人在危急、徬徨、困惑的時候，都會想要求助，希望能夠得到解答，或者得到幫助，這是人之常情，可是另一方面，我們要知道，你在修行過程裡，要面對的不只是如此，還有一些經歷是來自內在的巨大震動。你要面對自我，並且讓肉身一點一滴的去沉澱，它跟剛剛我們講的祈求是不能夠分割的，但我害怕擔心的是，所有的修行都被導向於只有祈求，而且非常急切的要知道我會得到什麼回報。

意思是把世俗的計算方式拿到了宗教裡來，可是宗教的意義本來就不是世俗的計算。當我們是存著這種目的的時候，類似當年在歐洲宗教戰爭中所謂的贖罪券就很容易產生，很容易墮落成像唐朝的公主賣度牒這樣的情況，度牒是出家人的證明書，很多人為了要逃兵，為了要免租稅，就向公主購買。缺乏思想教育的引導，宗教與俗世密切結合時就會產生弊病。

西方的啟蒙運動表面上看起來好像是反宗教，實質上是辯證宗教。所以現在在西方，比如歐洲，基督教的力量一點都沒有消失，反而變得更牢固，因為它已經過辯證的過程。

所以，我一直覺得台灣真的需要在教育裡面多加一些思想的成分，像現在的考試內容與方法，根本很難放入思想，都是是非題、選擇題，不太有思辨的可能性，因為它就是要求一個答案，而且是唯一的答案。

在這樣的情況下，要求社會有獨立思考的公民，根本是強人所難。

我發現我不太能夠要求我的學生，因為在他進大學以前，他就沒有被培養獨立思考的能力。進來以後，我告訴他畫畫一定要獨立思考，不然不能畫畫，他怎麼可能在四年之內獨立思考？獨立思考是要有十年、二十年的修行啊。

看到生命本質的真相

如果我們有信仰教育的話，我想《維摩詰經》會是一部引發學生思辨的教材。

舉例來說，大家比較熟悉的是《維摩詰經》的〈問疾品〉，就是文殊師利去探病的那一段。因為維摩詰生病了，那個病是假裝的，他其實是要用病來說法。然後文殊師利就去看他，並且問他：你修行不是很成功了嗎？修行成功怎麼會生病呢？接下來他們就圍繞這個「病」的問題，開始有了很多的對話，這就是一個思辨的過程。

這裡我們可以知道什麼叫做病？病與健全是相對立的兩個觀念。我們說這個人很健康，我們說這個人生病了，生病了就是不健康。而修行就是為了要成為一個健康的人，為什麼維摩詰會生病呢？

一開始，「病」的概念就界定了，當然這是一個象徵性的概念。維摩詰就回答說，「以一切眾生病，是故我病」，因為眾生都病了，所以我也生病。在這裡我們可以看到，病的概念轉換了，他不是不健康，他是不願意健康，因為他要去擔待，就必須去感受所有眾生都在生的那個病，他要去感覺那個病，要跟大家在一樣是生病的狀態中，去了解所謂病——這裡已經開始有了對「健康」跟「病」的不同的思考。

後來文殊師利又問，那你什麼時候病會好？維摩詰回答，等到最後一個眾生病好了，我的病就好了。我們講的「大乘佛學」就是從這裡開始，就是「我願意是最後一個健全的人、最後一個健康的人」，他要去擔負人世間最大的病痛與災難。我想，在基督教也有類似的思想，耶穌說他被釘在十字架上是為了贖回人類的罪。

當維摩被問到為什麼會生病的時候，他說「從癡有愛則我病生」，因為我有太多人世間的癡、愛。這是非常動人的一句話，維摩詰講的根本是一個人性的本質，也就是說眾生所生的病，就是因為我們有癡有愛。癡是沒有辦法看透徹，愛就是有太多的牽掛，可能是父母，可能是兄弟姊妹，可能是情侶、夫妻，可能是師生，可能是物質，可能是修行……因為種種牽掛，心就不夠清明，所以「從癡有愛則我病生」。

我自己在讀這部經時受到很大的感動，也從中了解到原來我也在生病，對修行也就沒有那麼大的自滿。過去在大學偶然打打坐、到廟裡住，覺得自己修行不錯，還洋洋得意。可是讀了這部經以後，覺得修行本身是一個漫漫無期的自我反省過程，絕對不會是急功近利，馬上有結果的——這也是一部思想的書，給人最大的提醒，就連維摩詰居士這麼一位大智慧的人，都說從癡有愛則我病生，他都覺得修行還在一個病的狀態，我哪裡能夠講我今天有多麼健全，可以擔負什麼責任？

如果要進一步做更深的思辨，我會建議讀《金剛經》，那思辨更細膩，一直在正反正反，永遠給你一個東西再打破，然後讓你知道擁有以後又失去的那種空的感覺。任何一個偉大的宗教，都要經歷一個巨大的破滅，才知道什麼叫做空，否則的話，那個空就是假的領悟。

所以我常覺得在人世間所經歷的受傷、挫折、坎坷，都是一個領悟的重要契機。這時候我們又可以從另外一個角度看社會所發生各種問題事件，每一個事件都是非常好的學習機會。如果我們的媒體能有更深的思考，有更大的悲憫，比較哀矜勿喜的去看事情，而不是嘲諷的或者尖銳的批判，社會大眾所得到的領悟跟檢討也會比較深。

當一個宗教事件被揭發了，所有的信仰者所經歷的破滅都應該被擔待、諒解。因為他這四十、五十年來，都沒有受到很好的思想教育，你怎麼忍心批判他？當他所信仰的一切都幻滅時，他是應該被同情的。

我想，在那個破滅的時刻，他有很多東西可以學習，他是有機會大澈大悟，真正走到信仰的路上去了。媒體實在不必在這個時候趕盡殺絕，把這些信仰者報導成愚昧的愚民，這對整個社會的進步沒有任何的好處。我覺得他求修行的心該被諒解，產生這樣的悲劇，是因為我們沒有信仰教育、沒有思辨教育，那麼大家一起來反省跟檢討，不是更好嗎？

尤其是文化傳播工作者在這個時刻更應該比一般民眾要多一點的反省跟思考，這個現象絕對不是單一現象，它會一再發生，就像我們的信仰跟思想整個是一個巨大的空洞。當精神太空虛時，只好隨便抓一個東西來補充，就好比一個人在汪洋大海中載浮載沉，任何一片浮木漂來他都會牢牢抓住，他沒有辦法判斷這塊木頭的本質。

所有的宗教最後都是教我們從自己身上找到力量，可是在一個精神空虛的時代，又突然遭逢變故，比如說親人生病，或者車禍喪生，難免會困惑、茫然，不知道該怎麼辦？這個時刻，就會想要祈願些什麼東西，信仰些什麼，任何一個接近他的信仰，不管好的壞的，他都會相信，這是一種情緒性的反應。

所以我們要重新檢討的是，如何在教育當中一步一步的把思辨的能力建立穩固，一旦有突發狀況時，就不會亂了方寸。當他能夠看到生命本質的真相時，就不會被假象所迷惑。

物化談

攝影／林禎慶

05 談物化

社會的物化是不知不覺的，
真的是不知不覺的……
我們可能都在其中。

談物化

沒有絕對精神上的快樂，
也沒有絕對物質上的快樂，
走向極端的任何一邊，
都可能導引出一種不健康的生活。

西元一八四〇年左右，西方世界出現一種新的思想，我們籠統稱之為左派思想，也就是社會主義、馬克思主義的思想，在於平衡資本主義。如果不從政治的角度來看，社會主義其實是一種哲學，馬克思、恩格斯等人至今在哲學史上仍有其地位。此外，無政府主義者（安那其主義）如法國的普魯東（Pierre-Joseph Proudhon）、俄國的克魯泡特金（Peter Kropotkin）這一群人，也都提出一個問題：如何制衡人的物化？

在他們的哲學中，最重要的一個檢查能力是：人不可以物化。意思是說，物質要發展沒有錯，可是人還是要作主人，不可以為物所役。你買車子、買房子都沒有錯，可是不要到最後變成車奴、房奴，變成你在養它，而不是它在讓你幸福。

中國的春秋戰國時代，已經有這樣的思想。春秋戰國時代是生產經濟很蓬勃的時期，因為鐵發現了，而最早發現鐵的人，犁田的速度加快許多，自然生產量暴增，所以就出現大的商戶，如呂不韋，他可以把《呂氏春秋》公告在城牆上說「一字千金」，誰能更動一個字，就給他一千兩的黃金，這種氣派，到今天也很少有。

就在物化的環境中，刺激了哲學家的出現，如老子、莊子、孔子，他們面對社會物化的現象，提出很多不同的看法。譬如老子說過：「五色令人目盲，五音令人耳聾」，意思是要大家不要過分追求感官刺激，因為太多顏色，眼睛就會瞎掉，太多聲音，耳朵就會聾掉。

又譬如墨子提出「兼愛」，要求你如果想要擁有某樣東西，要問別人是不是也有？不要一個人很富有，其他人卻是因為「勤苦凍餒，轉死溝壑中」。

在春秋戰國那樣一個物化的環境中，刺激了諸子百家許多優秀的哲學家出現，形成一種思想的分裂，而這種分裂是有好處的，像墨子、孔子周遊列國，因為他們要到一個他們可以講話的地方去講，商鞅也不是秦國人，但他跑去秦國講他可以被接納的哲學系統。

我們可以說，那是一個好的時代，因為可以產生一個好的思想上的制衡。現在呢？

我想，我並不擔心我們要面對台灣這麼一個高度物化的現象，我擔心的是有沒有一個力量出來制衡？

或者是說，為了刺激商業，財團、企業或者商人在進行物化的工作，那麼教育界、學術界是不是應該要扮演一股清流，出現像老子、莊子這樣的人？

當我們打開報紙，看到那些應該產生老子、莊子的知識殿堂也被物化時，才是最恐怖的事。

在法國，學術界在社會物化的過程中一直是扮演清流的角色。法國印象派大師莫內在一八七〇年左右曾經逃亡到倫敦，因為他支持的社會主義黨巴黎公社，遭到法國政府的鎮壓。這是社會精英分子以一個比較平衡的觀點去對抗資本主義的例子。但在台灣，我真的很懷疑，所謂的「知識分子」、所謂的「精英」，是不是也一起在物化中？

知識分子應把持的價值

我們的文化有這麼深厚的哲學底子，仍難逃被物化的命運，我想，也許是商業太厲害了，厲害到已經滲入校園。我在大學裡面，看到教授講的話、學生辦的活動，其實都是非常商品化的。

第一講曾提到，我幫朋友代課三個星期，課後和學生聊天，學生告訴我有一個剛從美國拿了碩士回來的老師，上課時兩支手機輪流響。我聽到這樣的話，對照那位為了買手機而搶劫的學生，真的一點都不意外。

在大學教書的老師，難道不會在上課時請學生關機嗎？為什麼自己卻是兩支電話輪流響，還被學生當作笑話在校園裡流傳。老師很忙，忙什麼？忙賺錢，這個時候你還能夠教學生嗎？

如果我們覺得大學生搶錢去買手機令人錯愕的話，那麼更該錯愕為什麼會有在課堂上講手機的老師？

我自己在上課時，即使只是代課，都會跟學生說：如果你們的手機響了，我就不要代課了。這是一種最基本的道德，尤其是在追求知識時，更應該共同遵守。當老師在課堂上講手機，而且是兩支手機輪流講，並被學生傳為笑談時，這個教育系統一定是有問題了。

又譬如台灣的建築系，會鼓勵學生到建築事務所打工，工作到沒日沒夜，學校的功課可以不作，因為這些老師本身就是建築事務所來的。這個時候，學生已經加入社會的賺錢行列中，他沒有一個制衡的力量。可是你去看看法國建築系的學生，他很可能在思考五十年以後法國會出現什麼樣的建築物？他不是關心當前商業的消費，他關心的是我能不能在建築史上有所突破？

同樣是慾望，法國建築系的學生要的是一種名譽的、清高的渴望，而我們的學生卻是想著如何在畢業以前就把錢賺飽。建築系的學生如此，資訊系的學生也是，他應該思考的是如何設計出一個程式，引導一場電腦的革命，而不是趕快發展一種軟體在光華商場上賣錢，或是畢業後要進入哪一家大公司當工程師。

如果我們的思維是困在消費形態中，整個大學體制就會垮掉。

我很幸運，教導我的老師都是非常優秀，如俞大綱先生、陳映真先生，他們的道德人品非常高尚，讓我受益良多；他們沒有被物化，他們對社會有自己的良心，他們把知識分子應該把持到最後關口的價值留在身上。

祭祀繁榮經濟的動物

另一方面，我們的工商界也非常需要人文的東西，今天很多有見識的大企業家都已經後悔當初提出「科技導航」的觀念，他們認為過度強調科技的發展，讓台灣因此變成沒有倫理、沒有道德的科技島，變成一個……怪物！

就像多年前就有人檢討新竹這個地方，因為高度發展科技，所以這裡的大學和科學園區的形態，均變成一個非常冰冷、沒有人際關係的環境。

當時我去科學園區演講，對象都是高薪的科技新貴，他們讓新竹縣市的國民所得僅次於台北市。他們對我說，我們不是機器啊，我們不能整天高科技，我們也要看電影，也要書店，也要有畫廊，可是這些新竹都沒有。

這就表示在城市設計之初，這些人就被當作機器，不是當作人。才有後來急速的需要畫廊、書店、安排大量的演講帶動人文的建設。我們在一個很狹窄的「經濟起飛」的觀念中，把人整個犧牲掉了。

所以後來我辭掉大學的工作，在民間上課，我的學生都是在科技領域或是企業界主管級的人物。我開始覺得要挽救的是這一批在商業系統當中物化得最嚴重的人。他們極不快樂，因為問題已經發生了，使他們的精神苦悶，也因為不快樂，所以我說的話，比較容易聽得進去，他們比較願意做一些挽救的工作，而他們對社會的影響力也許是比大學更大的。

走上極端的另一邊

我要強調的是，經濟文明不是不好，不好的是沒有平衡的力量。

物質與人文是兩個極端，我不想從兩全其美的角度去思考，我認為人精神上的快樂與物質上的快樂，需要平衡；沒有絕對精神上的快樂，也沒有絕對物質上的快樂，走向極端的任何一邊，都可能導引出一種不健康的生活。

我的意思是說，當你擁有一個物質的時候，你要能清楚且不斷的問自己：我是不是真的擁有這個物質？

譬如說你有一棟房子，住在這棟房子裡會讓你感覺到快樂，因為房子提供你生活的安全感，或是提供你視覺上的享樂，你可以看到山、看到水，感覺周遭環境帶給你精神上的滿足。這個時候你就是擁有物質。

相反的，你買一棟房子的原因，只是因為這個地區要蓋捷運，房價要漲了，或是這邊的房子值得投資，錢途看好，這就是一種物化。房屋的價值不是由你在主控，你是被物質所擁有的。

如果你讀過《小王子》，就會很清楚孩子在形容房子的美，和一個功利的商人形容房子的美，是截然不同的。如果對於自己要坐臥起居的地方，只是關心價格，我們就不會得到擁有那棟房子真正的快樂。

就好像有錢的人不一定快樂，如果他只是擁有空洞的數字，他的精神是匱乏的。

話說回來，人文與物質的兩難自古皆然。

中國人有一種世界上少有的、特別的觀念：特別壓抑商人。我們講士農工商，把商人擺在四個階級裡面的最後一位，整個社會也充滿了一種，幾乎是過度的，對商業的羞恥感，一直到清朝以前都是這樣的狀況。即使商人想盡辦法，為他的兒子買一個舉人、秀才，附庸風雅，到最後還是被覺得庸俗。

而為什麼說「附庸風雅」？就是以人文為價值的最高標準。所以在大部分的朝代，商人很有錢但不敢太過囂張，管理階層對於商人也有很多限制，例如不能穿士大夫的衣服、不能參加科舉。我們看到這樣的法律時，會覺得好像有一點不公平，可是事實上，這條規定有其政治上的考量，是為了防範官商勾結。

中國人很早就意識到官與商這兩種人在一起的嚴重性。在春秋戰國時代，呂不韋以其強勢的經濟力量控制秦朝的政權，讓後人引以為鑑，所以漢朝以後，主政者對商人的壓抑就非常明顯，讀書人的地位提升到最高，其次是農人、工人，最後才是商人。

談物化

資本主義的單一化最後就是發展為一部巨大的絞肉機，
把每一個人都絞進去，而我們要做的，
就是形成一股制衡的力量，以共生共享的概念，
去阻擋絞肉機的運作，並維持社會的多元性。

攝影／林禎慶

這種社會階級，就像印度的種性制度，有優點也有其缺點。抑商主義的缺點就是讓中國近代的石油貿易和資本主義很難發達，我們沒有辦法培養出大企業家，因而構成資本主義的弱勢，落後於西方。

可是今天在台灣，抑商主義不復存，反而是空前的「重商」。整個社會對於價值的判斷只有一種標準：有沒有商機？講得更難聽一點，不管哪一個黨派的背後，都是財團，在立法院裡面發言的人背後都有財團的壓力。誰在立法？其實都是財團在立法。

當土地的劃分、開發、建造是為了便利財團，就會發生濫砍濫伐、過度開發、水土破壞的結果，讓許多無辜的人受害。而若是放任重商主義繼續發展，我想最後受害的會是全部的人，不只是一般老百姓，連財團本身也要受害，他們的子女也無法逃避這種奇怪的因果循環，在冤冤相報的過程中，自嘗惡果。

我很佩服社會上有一些人從很「宗教」的角度去作制衡，也有一些人從哲學的角度出發，雖然他們的聲音很微弱，可是我覺得這種制衡是了不起的，它會慢慢提醒我們，在你想方設法要獲利的過程中，是否思考到下一代，你的下一代會變成什麼樣的一代？

這個因果不是神祕的，相反的，顯而易見。當你沒有花費很多時間在培育人文與精神的美，沒有傳承做人最基本的道德時，你的股票增值、房價大漲、企業營收數字越來越高，但是你的下一代可能為了解不開的三角感情而謀殺、為了買手機而搶劫、為了一場口角殺死雙親。

全世界大概沒有一個地方像台灣一樣，這麼不限制商業的發展，其他國家對於商業或多或少都有制衡的規定，可是我覺得台灣在制度上、社會道德上，都沒做這件事，所以我們要付出的代價會特別大。

社會的物化在不知不覺中

在歐洲，如德國、法國很早就發展出聯合執政的制度，密特朗當選總統時是社會黨執政，但他請其他右派的人來擔任總理，這就是我要說的「平衡」。可是在台灣，不管是第一大黨、第二大黨，都只有一種聲音。我們的左派力量在哪裡？

偶爾我們會看到一點點希望，在大學裡面一個有良心的大學教授會為弱勢族群講一些話，為原住民、為勞工階層、為老兵、為公娼發出一些聲音，可是在整個立法系統中幾乎沒有——除了選舉造勢時被提出來討論，但我們都知道，此時弱勢族群扮演的不過是花瓶的角色，沒有真正的聲音。這是台灣政治最大的問題，我們根本沒有左派利益的呼聲。

甚至在選舉中，我們偶然看到一個清流的人物，但很悲慘的，沒有人注意他，沒有人在意他的名字。仔細聽他談的東西，不是政見，是一個人最基本要堅持的道德、良心，但那個聲音讓人覺得好無力。當你對別人說：「我覺得那個人形象很好。」立刻會被反駁：「別講了，他根本不可能選上。」

為什麼我們覺得這個人一定沒有機會選上？

因為大家都知道他太正直了。但難道正直不是很重要的一件事嗎？

好像連我自己也要檢討了，為什麼我不支持這個人？我們知道他不跟財團結合，多年來在街頭做勞工運動，可是最後我們說：他是不可能當選的。

問題真的要回到我們自己。

社會的物化是不知不覺的，真的是不知不覺的……我們可能都在其中。

而那些少數堅守自己的崗位，抗拒被物化的人，他們保留住自己一個最低最低程度的堅持，和公娼站在一起，和勞工站在一起，和老兵們站在一起，真的是讓我覺得非常感動。我很願意向他們致敬，也衷心希望這樣的人可以更多一點。

七〇年代我在法國讀書的時候，曾經親眼看到沙特（Jean Paul Sartre, 1905-1980），站在阿拉伯工人前面去遊行。那個時候瑞典文學院已經授予沙特諾貝爾文學獎（但他謝絕領獎），同時他也是世界聞名的大哲學家，我見到他，年紀很大，雙目失明，卻仍然站在阿拉伯工人前面，為他們爭取權利。他說，這些阿拉伯工人，是我們在經濟不景氣時，用低等的價錢請來的，在他們幫助我們經濟繁榮後，怎麼能忽然說不要他們了？他主張應該讓這些工人擁有法國籍。

他就站在這一群人當中。

我很感動。這真是一個知識分子啊！

然而，這個時候緊急煞車也很危險。要在極短的時間內去扭轉價值觀，很容易就走向另一個極端。

維持社會的多元性

歐洲在整個工業革命之後，是靠一群非常有良心、有覺醒力的知識分子在踩煞車。當右派資本主義要往前衝時，左派的社會主義就踩煞車，一個成熟的社會其實就是兩股力量互相制衡。只有左派也不對，因為沒有辦法生產、沒有辦法消費，所以我們看到很多社會主義的國家最後還是要接受資本主義的挑戰，中國大陸就很明顯，它一直用煞車的方式最後發生問題，它無法前進。後來的改革開放，就是踩油門，刺激生產和消費，讓人民的生活更富足——可是同時間左派的力量還在。

德國前總理施密特到台灣演講時，說過一句很重要的話：二〇二五年時，歐洲的貨幣和人民幣將會是世界兩大強勢貨幣。

這句話不會是無緣無故的推測，施密特長期待在德國財政部，所以能敏銳的觀察到，歐洲和中國大陸是同時存在兩股制衡的力量，不像美國的一面倒；他認為美元遲早會衰退，就好像你拚命踩油門，終會將油耗盡，車子就只能停在那邊，動不了。

相對於美國，台灣本身的資源非常少，我們是靠廉價的勞力富有的，如果我們還不節制，發展出制衡的力量，有一天我們也會停擺，動都不能動。我在談的不只是政治，包括企業內部都應該有這樣力量，才能夠談永續經營。企業不是個人的，它是一個共同體，即使你有足夠的資本壟斷經營權，還是必須有一個「共同」的觀念，就是左派思想，就是「利益均霑」的概念。企業一定會面臨從「獨享」走向「共享」的轉型過程，因為將來工人也會自覺，他與企業共生，當然有權要求共享。

如果我們的社會最終目標是永續，也應該要發展出共生共享的觀念。

歐洲在十九世紀就已經高度資本化，生產消費從良性循環變成惡性循環，從需要而購買變成大量的消耗與浪費。所以在一八四〇年以後，馬克思、恩格斯他們就從不同的角度提出「節制」的觀念，其實孫中山的思想也是，他也是在講節制，因為他剛好在歐洲受到這股思潮的影響，他提出的民生主義是左派思想，不是右派思想，他同樣認為資本不應該放任，而是要節制。三民主義本身就是傾向「節制」的概念，而不是不斷的刺激生產消費。

我想他們都已經預見了，資本主義不斷的刺激生產消費，最後是個人發財，大家一起貧窮，最終就是殺雞取卵的結果。今日的台灣正處於此一危機之中，但又有多少人意識到？

關於經濟頹勢的挽救應該請教專業的經濟專家，我們無從置喙，但是發展出制衡的力量，卻是知識分子可以做的。

我們談論資本主義的問題、物化的問題，不是希望最後大家都奉行嚴格的禁慾主義，放棄所有的物質生活。我有一些朋友的確這麼做，他們離開台北到東部去，過著非常簡樸的生活，穿棉布的衣服，每天到菜市場去撿人家賣剩下來的菜葉和水果。我很感動，也對他們有很大的敬重，可是我覺得那是一種很高的宗教修行，對一般大眾並不適合。

一般大眾還是會有一些小小的物質貪念，一些小小的情愛生活，這是很基本的，無可避免的。可是，我們都可以做點什麼，讓自己不要那麼輕易的「服輸」，如果說物化是一台巨大的絞肉機器，我們可以選擇不要被捲進去。這個體制一日運作起來了，整個自然環境會被絞進去，土地被開發、林木被砍伐，然後變成物質買賣。甚至是人文的東西，例如教育、道德、倫理也都可能被絞得支離破碎。

我們不是要責備誰喜歡一件漂亮的衣服，誰買了一雙漂亮的鞋子，而是如何面對這巨大的機器體制，當它一直運轉時，我們要怎麼讓孩子有力量去思考、去判斷，進而去對抗。

今天在台灣，我會佩服一些宗教界的人、哲學界的人，環保與從事社會運動的人，他們很努力想讓這部機器停下來，或至少不要轉得那麼快，把無辜的人都絞進去。因為這部機器非常厲害，若讓它毫無節制的運轉，恐怕你我都無所遁逃於天地之間。商業買通政治、買通學術都已經不是新聞了。

知識分子也該盡一份力。所以我想呼籲知識分子不要那麼的入世，入世就可能更快進入絞肉機中，要保持一點點出世的思想，保持一種冷靜，如此才能看得更清楚。譬如選舉的時候，一個政治學的教授不要去為候選人站台或變成助選員，要保有在政治學術上的清流角度。如果變成站台和助選員，就很難客觀，也許對手有你政治學上贊同的東西，而你站台的這個人有政治學上不贊同的東西，你也不敢講出來，學術地位就被干擾了。我要強調的是說，知識分子應該保有一種客觀性，獨立思考，不要站在任何一個利益團體中，為其主張做解說。

我特別說是知識分子、讀書人，不是普羅大眾，因為他是比較有思考能力的人。譬如在學校裡教書的老師，他要思考如何讓自己的專業不要輕易的被體制所利用。簡單的說，就是孟子講過的：「富貴不能淫，貧賤不能移，威武不能屈」，這三句話其實就是在講權力和財富會如何污染知識分子，應該盡量保持距離，靠得太近，角色立場就很難清明了。

知識分子也可以聚集成一股力量，尤其是在「得天下英才而教之」的時候，我相信這是一種富裕。

為什麼我們的知識分子不以這個方法互相靠近，而要走向利益集團？

我相信還是有很多有為有守的人，在他們的崗位上，努力平衡社會的物化趨勢，即使他們不完全成功，都是讓人敬佩的。他們就是所謂的先知、先覺，在一個社會裡面，這批人所做的事情非常重要。

要注意的是，弱勢也可能變成擁有權力和財富的強勢。譬如過去被政黨團體壓抑的社會，一些有良心的知識分子理所當然的為弱勢政黨挺身而出，但這個弱勢政黨與財團結合的時候，或是這個政黨執政的時候，他就不再是弱勢，知識分子就要非常小心的保持自己的中立性和客觀性。如果這時候你不能抽離那個幫助他的角色，就很危險了。

當然，我們要提防的是體制，不是針對個人。如果你所幫助的對象已經進入體制中，擁有權力與財富，不管是自願的或是因為職業的關係，他就是操縱絞肉機的人，絕對要保持距離，否則你也可能變成推動絞肉機的一員。

這個意思不是要與所有的商人為敵，實際上，商人也是資本主義絞肉機的受害者，很多第一代白手起家的父母，勤勤懇懇，過樸素的生活，第二代卻問題百出，他自己沒有在絞肉機當中，第二代卻被捲進去了。

我們沒有辦法期待操縱絞肉機的人，讓絞肉機停止運轉，這太一廂情願了，商人有商人的立場，譬如說他手下有五萬個工人要養，他能夠不生產、不想辦法刺激消費嗎？而知識分子與權力和財富隔離，也不是自命清高，就像我前面說的，我不贊成用禁慾主義來抵制物化，知識分子是要從一個充分了解社會、了解人性的角度，去思考這個問題。

資本主義的單一化最後就是發展為一部巨大的絞肉機，把每一個人都絞進去，而我們要做的，就是形成一股制衡的力量，以共生共享的概念，去阻擋絞肉機的運作，並維持社會的多元性。

創造力

<攝影／湯承勳．攝影／林禎慶>

06 創造力

圓滿的心靈生活
不能缺少神話與文學。

創造力

缺少了神話之後，
你會發現我們的文明，少掉了豐富，
少掉了對於宇宙更大的好奇。

神話是文學的起始，文學是文化的起源，一個社會不能缺少神話與文學，圓滿的心靈生活也不能缺少神話與文學。

神話是文學中非常重要的一部分，而且我自己一直有一種感覺，不管是中國或是西方，文學的起源和神話有非常密切的關係。

講到文學，很自然就想到文字，因為文學要用文字記錄，這是我們第一個要打破的觀念，因為文學的起源，遠比文字還要早。不是用文字書寫才叫做文學，最早的文學是口述的，就像我們讀基督教《舊約聖經》，裡面很多是口傳文學，後來才整理成文字，中國最早的《詩經》，也是民間流傳的歌謠，後來才被文字記錄。

文字的歷史，在世界上出現的時間不會超過五、六千年，在有文字以前，我們稱之為「史前時期」，就已經有大量的民歌和祭祀儀式的詠唱，內容和神話故事都有很大的關係。這時候雖然沒有文字，但祭祀時，人的肢體、語言、歌聲、舞蹈都可以視為一種「文字」，這也是一種文學的書寫。

例如我非常感興趣的《舊約聖經》，若不把它當成宗教經典來看（事實上我也從來沒有把它當作宗教經典），就是一部希伯來民族的神話傳說，也是一套很完備的創世紀故事，它非常清楚的告訴你宇宙如何被創造？無關乎我們同不同意，或科學上是不是已得到證明。

人對整個宇宙所知有限

早期的人類對於宇宙的形成、對於人的出現，會感到好奇，需要有一個解釋，就像我們小時候會問：「我從哪裡來？」媽媽就會用各種不科學的說法來回答你，那個就是神話的起源。這種可能是不想用科學，不願意用科學，或者根本就是處於沒有能力使用科學的時代，於是就用想像傳述，對於沒有辦法解釋的事，就創造了一個耶和華的角色，祂是一個無限權威的神，祂是一個超能力的神、是全能全知的神，祂創造了星球，創造了黑夜和白天，並把海洋和陸地分開，在七天當中，完成了今天所說的創世紀宇宙生成的過程。

這個說法一直到了文藝復興時期才被懷疑，伽利略和哥白尼用科學證明了太陽系和地球的關係，才發現地球不是宇宙的中心。但是有長達上千年的時間，人們相信《聖經》的說法，並且用它來解釋宇宙的形成、人類的誕生，他們相信耶和華在創世紀的第七天疲倦了，他感到非常的累，在他完成的宇宙中，感覺到不可言說的孤獨，他覺得應該有一個陪伴他的人，所以他就用泥土複製了自己的形象，賦予他生命，這個人就是亞當。

有很長的一段時間，人類相信人是神用泥土捏出來的，他覺得這就是科學，不只是《聖經》，在中國也有女媧造人的傳說，她也是用泥土，而且很多民族都有類似的說法，這一點非常有趣，就是說，神話是介於科學和幻想之間，你說它不科學嗎？那為什麼每一個民族都有用泥土造人的說法？我想這是一個值得討論的事情，它可能是因為人類在最早用手捏塑泥土製陶的過程中，感覺到了「創造」，創世紀就是一個創造的過程，所以他用這一種聯想去解釋人類的誕生。

今天我們大概都不會接受《聖經．創世紀》裡的說法是科學，而是把它當作神話、當作文學來閱讀。它也影響了很多的作家，譬如跟我同年齡的台灣作家施叔青，在我們大約二十幾歲時，她寫過一篇小說叫〈約伯的末裔〉，典故就是來自基督教《舊約聖經》裡約伯的故事。所以我們千萬不要以為，當科學說這個東西不存在、是假的，它就沒有意義了，相反的，它有加倍的意義，人類的科學與幻想之間並沒有那麼清楚的界線。

就像我們常常會聽到朋友上一秒說：「這東西完全不科學！」很明顯的是在批判一件事，可是下一刻他突然做了一個行為，完全是自己不能解釋的，是不科學的。這裡非常有趣的是，在每一個人的思維過程中，其實科學和幻想是交錯的，它們是一個相對的關係，不一定是對立，也可以是相融合的關係，因為人真的所知有限，在一個所知有限的世界裡，他必得要倚靠很多奇特的方式去應對，所以我們的社會裡會充滿了迷信，用左眼跳右眼跳，或者星座、手相來使自己相信命運的吉或凶，這是一種幻想，是不科學的，但至今仍存在，就這一點來說，我們並沒有比五、六千年前的人進步，甚至我們可能加了更多「莫須有」的迷信。我也會看到身邊的朋友，用高科技的電腦在演算星座盤或是紫微命盤，把幻想跟科學結合在一起，這其實非常有趣。

我想，文學的開始，也是介於科學和幻想之間，它一直試圖進入科學的領域，但仍然夾著大量的幻想性，因為我們必須承認一個事實：人對整個宇宙所知有限。

「信徒」是文學的障礙

我們現在看到很多神話是與宗教結合在一起，包括希臘神話都反映了當時人們的多神信仰。奇怪的是，我們會認為希臘神話是神話，卻不會想到《聖經》也是一部神話，因為《聖經》與宗教的結合比較緊密，就失去文學性了嗎？

我想，完全不能這樣講。

我們不能說希臘神話比較文學，《聖經》比較不文學。對我來說，《聖經》是更偉大的文學，比起希臘文學一點都不遜色，兩者的影響也都很大。我相信也有很多人跟我一樣，是喜歡讀《聖經》裡的神話，像是法國作家紀德（André Paul Guillaume Gide, 1869-1951），紀德認為影響他一生最大的就是《聖經》，這部分絕對不遜色於希臘神話的影響。

我們現在不會把《聖經》當作文學作品，是因為它被當作宗教儀式中的一部分，就是有一個信教的過程。信教很奇怪，它很容易讓人排斥某些東西，當《聖經》變成基督教的一部分之後，非基督教徒可能就會開始排斥這本書，不再把它當文學作品，而對基督教徒而言，它也變成一種信徒式的信仰，不是文學了。

我這麼說大概有點「叛教」吧！其實我小時候到教堂去，和神父一起讀《聖經》時，就一直把它當文學讀。在那個年代，讀文學作品的機會不多，家裡也很少文學性的書籍，《聖經》就變成我最早的一部偉大文學書，因為裡面用的文字非常漂亮，文辭非常美，它的用辭和希臘神話非常不同，有一種斬釘截鐵的「絕對性」。米開朗基羅為什麼會創造出西斯汀教堂中偉大的壁畫，絕對是他讀這到這部文學時，得到很大的震撼和感動，不然他畫不出這個圖像。我要解釋的是，我們會完全接受米開朗基羅的圖像為藝術，實際上他畫的就是《聖經》的連環圖，卻排斥《聖經》做為一部偉大的文學？

有人可能會說，因為《聖經》是宗教的經典。我想，「經典」這兩個字是非常容易騙人的，很多宗教經典都是文學。譬如說佛經，對我來說也是很偉大的文學作品，《楞嚴經》裡面對於各種奇特的幻覺與現實之間的錯離，文字描述得非常生動。當你是信徒的時候，你根本不敢用文學的態度去讀它，你會恨不得立刻就跪下來膜拜，你沒辦法思維，可是當時佛在恆河岸邊說法的時候，會感動這麼多人，會到「天花亂墜」，天花像雨一樣飄下來，絕對是有文學。

我到靈鷲山的時候，帶著《法華經》，釋迦牟尼佛就是在這裡說這部經的，當時我就感覺到，這部經在這麼一座怪石嶙峋的山裡面被說出來的感動。所謂「經典」，還是要放在人的世界裡被闡述，我們的感動是跟環境有關係的，就好像有一天當我們到了山東的沂水岸，會去想像《論語》這部書是如何被講出來？所以，當我到耶路撒冷時，我也是帶著《聖經》，我坐在那邊想，這一部經就是在這個環境裡誕生，這個時候完全是文學的。

我不是用信徒的態度，「信徒」是文學的障礙，如果他不是透過經典裡的語言文字，卻看到一個文明的偉大時，他是不能發現經典原來就是文學。

我這邊說「語言文字」，其實是先用語言，文字是後人的紀錄。

每一部經典都有一個非常迷人的語言敘述系統，譬如《維摩詰經》的語言就是很驚人的，那就是一種文學的能力。但在信仰系統裡，這個部分被拿掉後，信仰就很容易變得空洞。包括《六祖壇經》我都覺得很了不起，它闡述經文的方式比現在我讀過所有的武俠小說更有趣，裡面推理的系統、情節的演變都很精采，我相信，它絕對不會是由一個木訥的人講出來，木訥的語言根本不可能讓大家都進入他的世界中。比如說六祖要隱藏在獵人的隊伍當中，帶髮南逃，以及他到了黃梅以後，看到風動、幡動……整個的描述都是非常生動的。我的意思是說，如果是換另外一種說法、寫法，會有信徒嗎？

我很希望提醒這一點，當我們接觸神話時，它可能跟宗教有關，可能跟宗教無關。今天希臘很幸運，因為希臘的信仰在今天不會被當作一種宗教，大家會很單純的覺得那就是文學了，而《聖經》和佛經，已經被與宗教劃上等號，大家就不把它們當文學在讀。可是我要說的是，這些經典是真正了不起的文學！應該要與希臘神話有並駕齊驅的地位。

雖然很多宗教教派並不希望如此。教派希望信徒有行為，但不要有思想，他根本不希望你透過經典去思考，幾乎所有的教派都把解經視為權力，一般信徒不能解經，必須通過神來解經，就好像早期的人跟神不能畫在同一張畫上，中間必須隔著天使。所以就有了神父、僧侶來扮演權力詮釋者的角色，由他們來解釋經典，而且只有他們的解釋才是正確的，一般人沒有辦法真正去閱讀，所以經典的文學性就被扼殺了。

或者這樣說，為什麼聖方濟在基督教中有很重要的地位？因為他是第一個用義大利文講《聖經》的人。當時《聖經》是用拉丁文寫的，義大利人看不懂也聽不懂，就好像我小時候聽天主教神父用拉丁文唱《聖經》時，聽得一頭霧水，後來有個神父開始在台灣進行改革，用台語跟國語讀《聖經》，我才終於知道原來內容是如此。

聽不懂的東西當然就沒有文學性，因為我們根本無法理解，如果教派希望經典不用被閱讀，只要傳誦，就好像佛教用梵語誦經，信徒只有接收到聲音，卻不懂內容為何，當然它的文學性就死亡了，文學的閱讀性和思考性就消失了。

經典文學傳頌千年

我們現在讀的希臘神話，是在十八、十九世紀才由英國、法國、德國等學者重新闡述改寫的，他們把古代的傳說故事整理出來，集結成希臘神話。如果有人去了雅典，到巴特農神殿，會發現底下有一個圓型的劇場——戴奧尼索斯劇場（Theater of Dionysus），這是一個九層樓的劇場，當時在這裡上演的荷馬史詩，就是為了祭神用的，是儀式中的一部分。這有一點像是我小時候在保安宮看的戲，這個戲的演出是為了慶祝保生大帝的生日，但它本身也是文學，是一個有很強宗教儀式性的東西。

早期人類的文明與神是沒有辦法切割的，只是我們慢慢傾向於說宗教就是一神的形態，而經典是以信仰為主的書寫，慢慢的就不重視其文學性。可是，這些經典若沒有文學性，不可能傳頌千年的。

我到耶路撒冷時就在想，在這麼乾旱的土地上，要聚集幾千人聽一個人講話，講了幾天幾夜，講到大家肚子都餓了（所以有「五餅二魚」的故事），在這樣的情況下，這些人還是不離開，表示這個人的語言能力是不得了的！這麼漂亮的語言，我們在《聖經》裡面就可以看到，譬如說「所羅門王最富有時的全部寶藏加起來，不如野地裡的一朵百合」這種像詩一樣的句子。

人類在上古時期，在文學還沒有獨立為一門學問的時代，文學就是巫師口中唱誦出來的東西。印度最早的《瑪哈帕臘達》（*Mahabharata*）是印度教對宇宙生成的唸誦，後來林懷民先生將它翻譯成中文《摩訶婆羅達》一書（由聯合文學出版），就是比佛教還要早的印度史詩，和《羅摩衍那》（*Ramayana*）一樣都是史詩形態，也是在唱讚天神儀式中的一部分。這兩部是印度的兩大史詩，都跟宗教儀式分不開，我們今天把它分出來稱之為文學，成為印度文學的起源，這兩部作品都是經典，既是宗教經典，也是文學經典。

文學的發展在中國比較特殊，本身好像沒有很強的宗教性格，但《詩經》、《楚辭》裡面真的沒有宗教嗎？其實不然，《楚辭》裡最重要的〈九歌〉，絕對是宗教！他不是屈原的創作，而是改編自湘江流域祭神的歌曲，唱讚湘夫人、河神、天神、太陽神，和宗教儀式還是有很大的關係。

沒有幻想就沒有科學

有一點是我們要注意的，就是我們的文學對於神話的淘汰，或者說是神話的褪色，速度比希伯來、比印度、比希臘都要快，為什麼？

我相信，與周朝的文化有很大的關係。因為「子不語怪力亂神」，所以後來我們的文明都不太喜歡神話，甚至想把這東西去掉。我們發現，在商代的甲骨文文化中，神祕性和幻想性都很高，但到了周朝，很快就進入理性思想中，這是一個進步，一個偉大的進步，因為我們確立了一個以人為本的文明，把神的意義貶低了，而在此同時，世界其他地方的文明，如印度、希臘、埃及等地區，神的地位還是很高。

這個改變，以今日來看，你會覺得是進步？還是退步？

我想，是一個遺憾。神話褪色得太厲害了，以至於現在很多學者努力的在找回我們的神話，因為缺少了神話之後，你會發現我們的文明，少掉了豐富，少掉了對於宇宙更大的好奇。而這個東西又跟科學有關係了。在希臘神話裡，伊卡洛斯（Icuras）想要飛，他的父親就做了一雙羽翼給

創造力

神話有一個無限領域，
同時可以滿足幻想的創造力與科學的創造力，
所以小孩讀神話，他將來可能變成科學家，
也可能變成文藝家。

錄像攝影／郭尤君

他，讓他飛起來，這好像是一個迷信幻想，但對照西方後來從飛的願望，到飛行機器的發明，它又變成科學了。

一如很多人已經提出來的觀點：幻想跟科學是有關的，沒有幻想就沒有科學。所以我們可以看到，因為神話的消失對中國發展科學造成的影響，當我們很滿足於人的世界時，怎麼會願意去嘗試飛起來呢？

大概從民國初年開始，大家才又開始注意神話學，譬如聞一多研究伏羲，為什麼伏羲是半人半蛇？以及近代的學者王孝廉在日本做神話學的研究。神話慢慢獨立成一個領域了。

檢視古老幻想裡的集體潛意識

幻想是神話一個很重要的元素。例如神話裡面肉體是可以飛的，像前面講的伊卡洛斯，或者是中國神話裡的嫦娥，也是一個可以飛起來的肉體，而且還很具體的飛向月亮。很有趣的是，長久以來，我們的民族對月亮有極大的幻想，對太陽的幻想好像就沒有月亮那麼高，很奇怪！不知道是不是因為這個民族太……太農業、太勤勞了？因為白天都要很勤勞的工作，所以白天是非常理性的，只有在傍晚入夜以後，會有一點休閒時間，才開始幻想。

我們對月亮的情感真的比太陽深，文學裡有很多跟月亮有關的幻想，嫦娥奔月就是一個極美的神話，幾乎可以說是最美的神話。相反的，看到太陽則是要射下來，我覺得很有趣，會不會在潛意識裡我們並不喜歡太陽？因為太陽象徵一種壓抑，白天就是逃不掉要工作、要勞動，古代叫「日出而作」，而等到日落時，太陽消失了，人才能休息，幻想性才會出來。所以嫦娥奔月經常是和后羿射日的故事合在一起談，這兩則神話可能隱藏了一些集體潛意識，傾向於月而不傾向於日，傾向於陰柔而不傾向於陽剛，傾向於女性而不傾向於男性，對比在現實世界裡的狀態，就會變得很有趣。

魯迅在《朝花夕拾》裡面，就把它寫成一篇很有趣的故事，好玩得不得了。魯迅受日本神話學領域的影響，回國後很努力的在整理中國神話，並用極高明的手法重新改寫成小說。在這篇小說裡，你會覺得后羿好笨喔！就是一個「憨男人」的類型，每天去打獵、打烏鴉，把烏鴉做成肉醬，做成烏鴉肉醬麵給嫦娥吃，嫦娥就覺得很煩，覺得這個男人真的很笨，所以她很努力的要去奔月，要離開這個男人。

我覺得，我們在神話裡反映的潛意識還極待開發，就像佛洛伊德從希臘神話那西賽斯（Narcissus）的故事裡提出「水仙花情結」（自戀），就是用現代人的角度把古老神話裡的潛意識開發出來。我覺得我們缺乏一個佛洛伊德，我們神話裡的潛意識尚未開發出來，所以我們無法說明為什麼我們這麼愛嫦娥奔月的故事。

神話在漫長的文學淵源中，會不斷被詮釋，賦予新的意義。佛洛伊德去探究潛意識這個東西，發現人除了表面的層次外，還有一個底層的層次，是我們不想去碰，也不敢去碰的部分，他去研究後發現，那個部分會反映在人類的夢境中。佛洛伊德認為夢不會是沒有來由的，反而是一個掩蓋、重新包裝的過程，因為會怕，所以掩蓋、所以重新包裝。而最令人害怕的東西，往往跟生命關係越密切。

我們對於未知的、害怕的東西會有兩種態度，一種是轉身逃跑，一種是面對它，問它：你到底是什麼？西方啟蒙運動就是選擇用後者的態度面對。

我記得小時候經過廟口前的巷子都很害怕，那是一條很窄的巷子，兩邊都沒有窗戶，也很少人經過，我每次走都覺得很毛，好像走不完似的，而且總覺得後面有個鬼影子在追我，我只能不斷的逃，回到家時總是被嚇出一身汗，心跳如雷。有一天，我忽然決定，不跑了，我要回頭看，然後發現什麼都沒有。

人類的文明也會有這樣的一刻，決定站住，回過頭去檢視古老幻想裡的集體潛意識。這個過程可能是痛苦的，要和自己掙扎，萬一回過頭就毀滅了，怎麼辦？西方從啟蒙運動到佛洛伊德，就是一個連續性的對文化不逃避的態度，因為面對了，這些底層的東西才能被整理出來。

神話的無限領域

今日我們要解析神話，會遭遇到一個問題：文字。因為文字本身會死亡，很多神話經典都是在一個不斷被改寫的過程中，而改寫的過程不可避免的就會沾帶了改寫者的語言系統。例如我們現在讀的佛經，大概是南朝到唐朝的這一段時間所翻譯的，用的是一千多年前的文字。當我說我在讀這麼古老的文字時，西方人聽到都會昏倒，基督教改寫成義大利文也不過是幾百年的事。對於現代人而言，若是古文的訓練不夠深，就沒辦法進入經典的世界。所以我曾聽朋友說，他們讀佛經是讀英文版，因為他們覺得讀英文佛經比讀中文容易懂，聽起來不合邏輯對不對？怎麼一個台灣長大的人，讀英文佛經比中文容易懂呢？

很簡單，因為翻譯成英文的是白話，英語的白話，裡面不會添加中國歷朝歷代的神祕性，它只是翻譯成最簡單的意思，沒有複雜的成分。但是中文的佛經，因為是古老的文字，所以文字本身就會神祕化，讓人看不懂，就具備了神性。我們注意一下，道士畫的符也是文字，但因為我們看不懂，所以覺得神祕。古代皇帝的詔書常常要用篆字寫，也是要讓人看不懂，還有像皇帝去祭天的玉板上的文字，大概都是篆字隸書，不是楷書，因為要用古老的文字，這樣神才看得懂，因為神是古老的。

我要說的是，文字本身也有個神話化的過程，但這裡面是有矛盾的，就是既想要改寫成白話讓人看得懂，又想要保留文字的神祕性。胡適在白話文運動中想要把文字的神話性打破，可是卻不可能徹底，我舉個最簡單的例子，參加中國人的葬禮時，司儀唸的奠文，沒有幾個人聽得懂，這麼慎重的一個追悼儀式，怎麼會聽不懂？他到底是在崇拜他、感謝他、懷念他，你都不知道，你參加儀式做什麼？

這裡面就是有一種矛盾，當文學的某部分儀式化之後，文學就死亡了，可是文學又需要藉由儀式復活，儀式會使文學性重新再生。

神話另一種改寫，是拿來當作靈感再創作，如魯迅改寫嫦娥奔月和后羿射日的故事，他不是在翻譯，也不是理性分析民族潛意識，而是以一個創作者的角度，將神話再創作為一篇小說。有一段時間我也在做這樣的工作，改寫了很多神話，如佛經中割肉餵鷹、捨身飼虎的故事，後來我發現，當我在講中國美術史時，讓學生讀改寫後的佛經故事，他們會覺得很有趣，要他們去讀經太難了，但經過白話改寫後，好像變成一個更美麗的故事，對他們要了解敦煌壁畫來講，有很大的幫助。

我自己是很著迷於神話的，因為神話好像雪球一樣，會越滾越大，你怎麼去解析，都解析不完，它好像還會跑，會往前跑，最後還會變成一個科學和幻想的競爭，科學要去解析幻想，但科學越強，幻想越多，幻想越多又越想去解析，好像是人類兩種基因的一個競爭過程。

所以我非常希望年輕的一代多讀神話，教科書裡也多點神話，因為神話有一個無限領域，同時可以滿足幻想的創造力與科學的創造力，所以小孩讀神話，他將來可能變成科學家，也可能變成文藝家，兩種都有可能。

文學力

攝影／湯承勳

07 文學力

如果沒有文學，
我們總是站在自己的角度，
用喜歡或不喜歡去判斷一個人。

文學力

人生是一座橋樑，
重要的不是目的和結局，而是過程。
這就是為什麼我們需要文學。

觀察每個人隨身攜帶的包包，是很有意思的事。

我曾經想寫一篇小說，關於一個人遺失了包包，被另外一個人撿到。撿到包包的人，不認識包包的主人，可是他從包包裡面的東西，如信用卡、一點點錢，還有一張寫在紙上零亂的字，可能還有一些電話號碼，他看到了人生的線索。

有時候我看自己的包包會嚇一跳：怎麼東西這麼多！像夏天時我會抽空去游泳，包包裡還會隨時放著泳褲、蛙鏡這些東西。你會感覺到，現代人的生活空間就像包包一樣，越來越複雜，擁塞著很多用得到、用不到的東西。包包的原始設計是一格一格的，可以很清楚、有秩序的分類，可是使用到最後，所有的東西還是都混在一起了。

我們好像也沒有什麼機會和時間去整理包包，就像我面對凌亂的書房時，會想到以前每隔一陣子就會找時間整理，現在時間少了。當生活變得匆忙時，整理東西好像是最不重要的事情。可是當我們真的著手整理，或是把包包裡的東西都倒出來時，會發現很多東西是不需要帶來帶去的。

人大概到最後才會懂得，重要的不是「要什麼」而是「不要什麼」。

當我在腦海裡發展這一篇小說時，又想到如果我是一個小偷，進入一個陌生人的房間，我應該會呆住吧，我想偷的不見得是金錢，可能是想借書桌上的書、架上的CD，並且開始去想住在房子裡的是什麼樣的人？

我的生命裡，最大的好奇就是去發掘一個新領域裡的生命痕跡。就像在公車上，看到一個人的臉，從他的臉上可以找到今天跟誰吵過架、發生過什麼事的線索。這是生命的痕跡，會留在人的臉上、身上，揹的包包裡、所處的空間裡。甚至是他口袋裡的一只小皮夾，都有可能藏著一些東西。我曾經在游泳池的更衣間，撿到一只皮夾，打開一看，發現裡面只有學生證。應該是屬於一個學生的吧，在我把皮夾交給管理員之前，我翻了翻皮夾，那種感覺非常奇妙。

這應該就是文學的開啟吧，我忽然覺得這個世界上，大概沒有一個生命和另一個生命是絕對沒有關係的。

這也讓我想起一部電影《雙面薇諾妮卡》（*The Double Life of Veronique*），導演奇士勞斯基（Krzysztof Kieslowski, 1941-1996）最大的興趣就是在尋找線索，所以他讓兩個不同領域的女孩，一個在波蘭，一個在法國，在冥冥之中藉著電話裡的聲音，開始交會。

那是非常奇特的感覺。就像看到有人把包包打開，把東西一一拿出來的時候，我楞在那邊，彷彿是一幅電影畫面，或者就是我的小說想要描述的場景。我的眼睛忽然從一架無意識、無情感的攝影機，變得有情、有感覺，我看見這些東西與人的生命有著密切的關連。

文學的眼睛就是如此。就像我剛剛說的，小偷潛進房間是要偷東西，作家進入一個空間，也是要偷東西，只是偷的東西不同，他要偷的是一些人生的線索和跡象。

我用「偷」而不用「了解」，因為我認為人跟人之間沒有了解，只有好奇。即使親如丈夫、妻子、母女、母子，一個二十四小時和你生活在一起的人，當他打開包包時，你也會覺得陌生，你會發現原來有一部分的他，是你完全不知道的。我想，人跟人的相處是不可解的，每個人都是在了解與陌生之間游離，不可能有絕對的看破。

當有人說「這是我的丈夫，所以我很了解他」時，她說的是一個假設。譬如我的母親，我會預設我是非常了解她的，可是當有一天，我坐在八十幾歲的母親面前，有一剎那的感覺是，我好像不認識這個人。

父親過世後，我一直想寫他。但我不能把他當作父親寫，否則只會寫出「爸爸你走了，我很難過」之類八股而不會動人的東西。我要先否定我對他的了解，讓他變成一個陌生人，因為陌生，我能進入很多事件中，去想這個男人真正在心裡想什麼？他跟母親相愛嗎？他這一生中有沒有什麼願望沒有完成？

如此一來，文學才有發芽的空間。

人生真相與假象

文學其實是一種疏離。你在鏡子裡看自己的時候，若能夠疏離，就能產生文學。但通常我們無法疏離，我們很容易投射，很容易陶醉，很容易一廂情願，所以會看到很多的「假象」，也就是《金剛經》裡面講的，我們一直在觀看假象，觀看一些夢幻泡影。

許多我們自以為了解的事物都可能是假象。譬如說「父親」，他可能就是一種假設，什麼叫做父親？要如何去定義？是血緣還是基因，或是一種角色？父親同時是一個男人，這個男人是不是也符合我們的假設？這些問題很複雜，往往超過我們的理解。

我記得小時候，一到母親節，就要寫一篇作文歌頌母愛。這些文章，現在讀起來覺得很空洞。我猜想，如果班上有一個人是被母親虐待的（我們的確在新聞事件裡看到親生母親虐待子女），他會在作文裡寫出事實或者依舊歌頌母愛嗎？

他極有可能會用「假象」取代「真相」，因為我們對於假象已經習以為常。

當我們破除一些對於人生的假設，有了悟性的看破時，就可以不帶成見的去看一切事物，這才是文學的開始。如果心存假設，例如丈夫看到妻子把包包裡的東西倒出來，開始嘮叨：「妳怎麼買那麼多東西，怎麼放得這麼亂？」文學恐怕無處著根了。

所以我說文學是一種疏離，保持旁觀者的冷靜，去觀看一切與你有關或無關的事。

但並不容易，有時候我們甚至會覺得假象比真相更真實。

小時候我常聽到母親說，台灣的水果難吃死了，西安那個水果多大多甜。等我真正到西安，買了西安的水果，那滋味比台灣的水果差太多了。我的母親在台灣居住了幾十年，但因為鄉愁，讓她把故鄉的水果幻想成不可替代的，最後假象就變成了真相。

我常在想，要不要告訴母親，西安的水果其實很差很差呢？

這就是一個文學家要面臨的問題，他在文學與人性之間游離，好像有點殘酷，但絕對不是冷酷，他是在極熱和極冷之間。

我常引用《紅樓夢》裡的一句話形容：「假作真時真亦假」。把假變成真，是一種文學，把真變成假，也是一種文學——就是在游離，不屬於任何一者。

《紅樓夢》之所以成為最偉大的一部小說，因為作者很清楚的游離在真與假之間。有的時候他就是賈寶玉，有時候他不是，有時候他比別人更殘酷的看待賈寶玉這個角色。他是在游離，所以成就最了不起的文學。

那麼文學的終極關懷到底是什麼？我覺得就是人生真相與假象反覆的呈現。

文學和哲學不一樣，哲學是尋找真相，可以一路殘酷下去，可是文學常常會有不忍；它不忍時就會「假作真」，它殘酷時就會「真亦假」，然後讓人恍然大悟。

我母親因為離開家鄉太久，所以把情感寄託在家鄉的水果。她常說西安的石榴多好多好，她說的不是石榴，是她失去的青春歲月，是她再也見不到的母親與故鄉。所以石榴的象徵意境越來越大，越來越甜，越來越不可替代；而她每一次在異鄉吃到的水果，都變成憎恨的對象。

每一個人身上都有一顆不可替代的石榴吧。我常常問自己：身上背負的石榴是什麼？我也會害怕，當幻想越來越美好，越來越大時，有一天我就沒有辦法面對真相了。

文學與哲學

小學的作文課上常常會寫母親、寫父親，我常會想，這個題目是不是太難了？最深的感情最不容易提筆。朱自清寫〈背影〉的時候，也是在他自己已經非常成熟的狀態，所以可以處理親情中很多複雜的、糾纏的東西。

人生就像是一本永遠閱讀不完的書，每一次覺得懂了，又會出現一個新的、不懂的東西。我相信今天孩子要寫父親、寫母親，或是妻子寫丈夫、丈夫寫妻子，都非常困難，因為裡面糾纏著太多太深的人性。

我常覺得讀《金剛經》是為了幫助我去看另一部人生的《金剛經》，也就是人生的本相。我會開始去想，為什麼說人生如夢幻泡影，如露亦如電。這些話在大學的時候以為讀懂了，其實是假的；今天當你真正看到一個人在你面前消失不見，那種夢幻性、泡影性才顯現，或者當你抓著父親的手想把體溫給他卻無能為力的時候，「如夢幻泡影，如露亦如電」這句話才發生意義。

文學會把真變成假，就是在面對現實的艱難、痛苦時開始幻想。幻想是自我治療的方法，在心理學上，幻想也是一種很有趣的機制，可以讓人暫時脫離現實的災難。當然幻想到某一種程度會變成病態，而文學就是在試探，好像走鋼索的人，每一步都是在真與假之間擺盪，不斷的尋找平衡點。

我母親到八十幾歲時，很想回西安，所有的兄弟姊妹都不敢帶她回去，擔心她半世紀來所建構對故鄉完美的幻想，會完全破滅，我們不曉得怎麼去承擔這個破滅。其實在兩岸開放以後，很多人回去大陸的家鄉，都帶著破滅感回來，他們都忘了故鄉從來沒有過他們描述的美好，是這五十多年來他們自己幻想附加上去的。

就像今天我也會回想起在巴黎那一段歲月，二十幾歲的我，像黃金一樣燦爛。但實際上，我在那裡的日子也可能是憂鬱的，或者艱難的，那個「燦爛」的印象很可能是假象。然而，二十幾歲的青春，本來就該用一生去幻想、去累積，這裡面就會產生微妙的文學，又近又遠，又真又假，又擁抱又推拒，這種對於青春的雙重態度，是非常文學性的。

我一直提到文學和哲學是兩種不同的東西，哲學會幫助文學，因為哲學有一個責任，要為真相做最後的檢查，在真與假之間做了很多探討，所以有哲學的文學是很好的文學。《紅樓夢》就是一個例子，它裡面有很強的哲學性，譬如說探討佛教的部分，也有老莊思想、儒家思想，雖然有很強的哲學性，但它畢竟不是哲學，為什麼呢？因為我們讀《紅樓夢》，關心的不是哲學。

當然哲學裡面也可能有文學，譬如《莊子》用了很多文學的手法，但他基本上還是直接面對真相，即使用了寓言，還是在指涉真相，他關心的是最後的答案。這個答案會對你之後的行為產生影響，譬如讀完佛經以後，你的生命還是貪婪、執著，那就不是哲學的目的了。禪宗最後為什麼會出來？就是覺得人們讀佛經教義卻不能落實在行為中，所以它才會以當頭棒喝的方式，提醒人們回到自己的生命裡，管好腳跟下的大石，可能比讀幾部佛經還要重要。這裡面就是哲學。

哲學是答案，是行為，是人的完成。文學不是，我甚至覺得文學有一點點縱容，它允許假象的存在。所以你讀《紅樓夢》，覺得真真假假，撲朔迷離，賈寶玉最後出家了嗎？我覺得不是重點，後面是高鶚補的，事實上賈寶玉一直在出家跟非出家中游離。如果這部書的目的是要說人生繁華都是虛幻，最後賈寶玉出家，絕對不是文學了。

這部作品之所以迷人，之所以被當作文學，是作者鉅細靡遺的描寫當時吃什麼菜，衣服多麼美麗，王熙鳳出場時多麼的風華絕代……絕對沒有看空，如果看空，哪裡會出現這樣的描述？如果曹雪芹是一個哲學家，他寫出來的東西會很少、很簡單，他只要點醒你：繁華就是空幻。可是他不是哲學家，他是一個文學家，所以他用了這麼多的方法去經營他的記憶，而且我相信事實經過記憶以後變得更美了。賈寶玉因為曾經過著繁華的日子，以致抄家衰落之後，逝去的繁華變成了我母親幻想中的石榴，特別甜，特別美。

《紅樓夢》其實是有一種「耽溺」，耽溺在假象中，卻又會突然醒來，告訴自己說：那是假的，那都是空的。這就是我說的游離，在「假作真」、「真亦假」之間徘徊不定。

這麼說吧，如果你關心的是結局，是答案，是目的，你就讀哲學；但如果你覺得人生的過程可能比答案還要迷人，你就要讀文學。

其實哲學家尼采也說過，人生是一座橋樑，重要的不是目的和結局，而是過程。這就是為什麼我們需要文學。

當然，哲學是一種本質關懷，文學裡一定會有哲學的成分，大概沒有一本文學完全沒有哲學的吧！《水滸傳》有水滸傳的哲學、《三國演義》有三國演義哲學、《西廂記》有西廂記的哲學，每一部書最後都有對於本質的關懷，可是這個本質會被包裝在人生的現象裡，而不是一個直接的答案，或是口號、教條。

我們讀《紅樓夢》是不知不覺被「繁華空幻」這個哲學本質影響，就像魯迅的形容：「華林中遍布淒涼之無」，這才是文學式的哲學。用一個讓你感同身受的場景，經驗從繁華到幻滅的種種現象。

把「假作真」與「真亦假」的部分，揉合在一起，才會變成一篇很動人的文章。所以我相信，一個人在某一個階段寫母愛、父愛會很感人，因為他會寫出介於真相與假象之間的創作。譬如當他在繁忙工作中，無法照顧母親，把母親送去養老院，他對母親有非常多的愧疚，雖然他真的很愛母親。這時候他的眷戀與愧疚，讓他想把母親接回奉養又做不到時，他就能好好寫一篇文學了，而且寫出來的東西會是感人的，因為不是全部假，也不是全部真。

文學呈現人生的各個面向

至於童年時寫的作文題目，其實對一個人有蠻大的影響。我們說，文學最早期是童話、是神話，是對於未知世界的幻想。童話與神話在某一個年齡層是非常文學的，可是到了另一個階段，就需要做形式的練習，開始進入理性思考，此時期的文字是可以像遊戲一樣，去玩排比、對仗和音韻聲調的變化，就像《紅樓夢》裡十三、四歲的賈寶玉、林黛玉，他們會練習作詩、練習造句。

過去我會覺得文學不要去碰形式問題，形式不過是堆砌詞藻，但現在我會建議孩子在中學階段要多做形式的練習，因為他需要熟悉詞類、詞性、詞彙以便將來表達自己。在這個年齡，他雖然沒有辦法看破人生的假象與真相，但他已經急切的想要表達他的人生，所以會有衝突，一個好的老師應該是要冷靜的把他帶領到一個空間，試圖讓他的情感放在一個理性思維的過程中，也就是讓他專注於格律之美。

當他把注意力轉移到形式、格律時，他也較能夠面對這個階段混亂的情慾問題，穩定下來。

我相信李商隱絕對也是情慾很複雜的人，當他寫出「春蠶到死絲方盡，蠟炬成灰淚始乾」，就是轉換到形式思考，因而與自己有一種疏離。我的意思是，他當然是在寫自己，卻以春蠶、蠟燭來轉移，減低了與自己的纏綿性和痛苦性，又使文字有了情感。

文學與人生其實是一環扣一環的問題。文學呈現了人生的各個面向，就好像我們打開包包，裡面是非常沒有秩序、百物雜陳的狀況，要從中理出頭緒，真的不容易；最偉大的小說可能就是一個不歸類、沒有秩序的狀況，《紅樓夢》即是如此，像一個百寶箱，什麼東西都有，什麼東西都不歸類，忠實的反映人生繁複雜亂的各種現象。

有助於生命態度的建立

一個好的作家，就像杜斯妥也夫斯基說的，即使對自己小說裡最卑微的角色也不可以有一點輕視之心。我常常希望把這種寫小說的態度轉移到生活當中。沒有任何一個生命是應該輕視的。

我相信，文學有助於建立這種對生命的態度。譬如巴爾札克寫《高老頭》，這麼一個冥頑不靈的、吝嗇的人，如果是你在生活中遇到，簡直不想跟他講一句話。可是當我們看小說時，了解了這個老頭子一生對物質慳吝的原因，就會覺得感動。

如果你住的公寓裡面也有一個小氣的高老頭，大家說樓梯間的燈壞了，每戶都要出錢修理，他就是會想辦法不出，讓你覺得非常討厭。在看過《高老頭》這本小說後，你可能就會改變你的態度，你不會只是恨他，你會想要觀察他，想要了解他的背景，他是怎麼樣長大的，為什麼他對物質會有這樣的態度，這時候你就開始有了一個「文學書寫式的寬容」。並不是說你在現實生活裡一定會接納他，但至少有了一個東西可以讓你去轉換觀察的角度。

如果沒有文學，我們總是站在自己的角度，用喜歡或不喜歡去判斷一個人，有了文學之後，我們會化身了，會從別人的角度去重新思量。

我始終覺得文學是我的救贖，我相信在這個世界上一定有人討厭蔣勳，可是他會透過文學原諒跟寬容，他會知道每個人都有自己的結，跟他不能過的關，文學在這個時候就是幫助他轉換看事情的角度。

特別是描寫深層人性的文學。我們只要仔細看每一部文學作品，裡面都會有一個不被了解的人，需要社會的寬容。譬如卡繆的《異鄉人》，在現實生活中他可能是社會新聞版上一個不堪的事件，一個把媽媽放在養老院，不聞不問，死了也不哭，甚至連領帶都不好好去借一條。在為媽媽守靈那天還抽菸，葬禮一結束，就回去跟女朋友上床做愛，然後帶著女朋友去玩，最後又槍殺了一個阿拉伯人。這樣的人你大概會覺得他一生都一無是處吧。可是小說家的書寫，是讓他在被判死刑，走上刑場的那一剎那，抬頭看見天際慢慢引退的星空，那一段的描寫美得不得了，你會忽然發現連這樣一個十惡不赦的生命，都被宇宙寬容了。

我想文學了解天地之心，天無所不覆，地無所不載。我們沒有辦法決定任何一個生命是不是應該存在，也沒有權利讓他消失。

文學就是讓人透過文字產生切身之痛，即使是在不理解的狀況下，都可以暫時讓一個生命存留，不會消失。

讓作家安心創作的環境

我常常覺得台灣社會變動得很快。變動，一方面使社會充滿活力，一方面也失去了傳統和歷史感。很多東西好像都在煙消雲散的過程中，例如文學。

過去我們有過《筆匯》，有過《藍星》，有過《文季》，有過《現代文學》，可是曾幾何時，這些伴隨著我走過青少年、中學、大學這一段長路的文學雜誌，全部都消失了。而在法國，我七〇年代去讀書時看到的 *Le Magazine Littéraire*（《文學雜誌》），一直到現在還是存在，我每次回法國都會去買一本剛出版的 *Le Magazine Littéraire* 來看。日本的《文藝春秋》、《文藝新潮》，也都是經過一個世紀後仍然維持下來了。

我這幾年的感慨特別多，台灣好像有什麼東西是留不住的，做為一個單純喜愛文學的人，我多麼渴望年輕時候的文學雜誌還在，多想聽聽當初那些寫稿的作者們，直到今日都在為雜誌努力的過程。它會有一個延續，就像接力賽跑，一代傳給一代。

譬如說我還保留早期的《現代文學》雜誌，就是以台大外文系為基地的那個時期，我看到了白先勇最早的短篇小說〈寂寞的十七歲〉，看到王文興的〈命運的跡線〉、陳映真的〈將軍族〉、歐陽子的〈半個微笑〉，以及陳若曦的〈夜戲〉，那個時候他們都才大三，現在都年過六十歲了，我就會有一種感觸，如果這個雜誌今天還在的話，感覺絕對不一樣。

如果把這些已經慢慢要進入文學經典的人物，重新聚在一起，談談《現代文學》從創辦到現在的快樂，會是很有趣的吧！

可惜，這本雜誌已經不在了。現在王文興、白先勇等人偶爾聚在一起時，也會談當年創辦《現代文學》的事，可是裡面有一種悲哀，因為雜誌後來就停刊了。假設這個雜誌還在，對後來的文學作家或喜歡文學的人，將會有很大的鼓勵。

豈止是《現代文學》雜誌，曾經伴隨著我成長的那些文學雜誌全部都不在了。書店裡純文學的刊物也愈來愈少。

我會發現，台灣的文學好像只是集中在年輕時的熱情，所以尉天驄辦《筆匯月刊》是在讀大學的時候，白先勇辦《現代文學》也是在大學時候，我們的文學熱情一直停在大學，大學之後，這股熱情就沒有辦法持續了。這不是一個好現象，如果所有的創造力都只能在年輕的時候表達，一進入社會之後就開始老化，是會有麻煩的。

曾經有一些機構辦了台灣文學景點的選拔，這樣的活動是好的，雖然文學是很難評選，可是活動的創意部分很有趣。最後評選出十本書，包括白先勇的《台北人》、陳映貞的《將軍族》、七等生的《黑眼珠》、王文興的《家變》。我看了以後，覺得很害怕。為什麼？因為這些現在被定為經典文學的書，全部都是他們在二十幾歲時寫的。

世界文壇上，許多經典作品都是在作家四十歲、五十歲之後寫成的，譬如福樓拜、托爾斯泰，讓我們看到的最好的作品，都是在他們的人生歷練豐富了、成熟了之後所寫成的。像《紅樓夢》一樣爐火純青的作品，也不能光靠年輕時的創造力，需要到中年以後才夠厚實。

文學沒有後續，會使人害怕，而這不單是作家的問題，有很多環節需要檢討。我的觀察是，作家離開大學以後，創造的假期就結束了。我稱它為「創造的假期」，是因為我們看到後來這些人必須為生活而奔波，已經無暇提筆。我們根本沒有給作者一個專業的環境讓他們能安心創作。

可是，關於這個問題，我自己也不知道該怎麼辦。我在擔任國家文藝基金會第二屆董事時，要評審專業創作的補助，名額非常少，一年只有兩名。當時我就提出：「選出兩名的意思，是不是覺得兩千多萬人口中，只要有兩個創作者就夠了？」

我也在應邀擔任台北市政府主辦「台北文學獎文學年金」的評審時，提出同樣的問題。當時獎助名額只有一名。我說，「文學年金」的意思應該就像「老人年金」，只要是一個專業的作者，為這個社會努力創作，不管寫得好不好，都應該得到政府的補助、鼓勵，表示社會需要專業作者。老人年金是年齡、條件符合即可以領，為什麼文學年金只有一名？意思是老人很多，但作者只要一個就夠了嗎？

當然，我知道提出這樣的質疑，不可能真的就讓名額從一變成一百，可是這是我想要改革的觀念。後來，當年度的名額增加了一名，最後得獎的是一位在花東發展海洋文學的作家，一位是泰雅族作家。

但台灣需要發展的豈止是海洋文學、原住民文學，客家文學、閩南文學，甚至年輕族群的文學經驗，都應該要有文學年金的補助。我想，這個觀念是需要慢慢開拓的。

這也是我後來會擔任「聯合文學」社長職務的原因。一開始他們找我時，我拒絕了，我覺得壓力好大，我不要扮演這個角色。後來我又覺得，從幼年開始，我心目中最憧憬的理想就是文學。在人生半百之後，回顧生命好多個關頭，陪伴我度過，安慰我、鼓勵我的也是文學。即使是到現在，能讓我願意坐下來，泡杯茶或者倒杯酒，和一個人侃侃而談的，大部分還是文學。文學，對我而言，是一個夢。所以如果我的名字對一個為文學努力的機構是有用的，我為什麼不答應呢？

文學沒有死亡

我總覺得，台灣很難穩定下來，可能因為太年輕，太容易改換了。

一年前，我在南京東路吃到一家小店的肉圓，很好吃，一年後再去，它變成電腦店，而且是同一個老闆；或者，原來開服裝店的老闆突然跑去賣蛋塔了。變化之大，常常讓我覺得不可思議。一方面固然是展現台灣人的生命力、學習力，另一方面也顯示出，台灣缺乏以時間醞釀的專業度與精緻度。

所以這幾年來，我會特別敬佩一些在某個特定領域有持續力的人，譬如雲門舞集的林懷民先生。

一九九七年《島嶼獨白》在聯合文學出版時，我們在誠品書店辦了一場發表會，當時我說：「很多人認為台灣的文學正慢慢的沒落死亡，可是今天在現場有這麼多人，我就知道文學沒有死亡，文學的族群還在，文學只要倚靠一個符號就會重新聚集。這個符號不能缺，缺了就散了。」

這個符號是什麼？不是我蔣勳，不是張寶琴（聯合文學發行人），不是林懷民（雲門舞集創辦人），而是一個可以持續的機構，譬如聯合文學，譬如雲門舞集。它們穩穩的在那裡存在著，讓這些愛文學、愛舞蹈的人，不管是什麼樣的年齡，不管是什麼樣的職業，不管做了多久的逃兵，當他們想回來時，能有個歸處。

像年輕時就嶄露頭角的作家七等生，曾經停筆了好幾年，直到一九九六年後才又在《聯合文學》發表了〈思慕微微〉，讓大家都感受到作家出走又回來的那種快樂。

詩人的編務與詩作

在台灣的文壇還有一個現象，很多文學雜誌、報紙副刊的編輯都是詩人。《中國時報．人間副刊》的楊澤，《聯合報．副刊》前後任的主任瘂弦、陳義芝等，都是詩人。有一次我開玩笑說：奇怪，怎麼這麼多詩人都是當編輯，詩人除了當編輯還會做什麼？

因為詩是非常純粹的東西，大概詩人在年輕的時候，都有一種浪漫的、不食人間煙火的個性，才會去寫詩。所以要詩人去做現實的工作，應該是非常困難。如果要食人間煙火，大概食的還是與編輯有關的工作吧。

可是，我相信即使是當編輯，詩人還是有他的矛盾與衝突。有時候我跟詩人朋友談起他們的編輯工作，我發現，每一分每一秒都有他的衝突和掙扎在裡面，只是他們也會慢慢的調整自己，讓自己能夠從煩瑣的編輯事務中，整理出一顆空靈的心留給詩。

不管是辦報或辦雜誌，都是很辛苦的。每一天、每一個月都要有成果呈現，當別人說：「啊，這一期編得很棒！」他來不及享受這句稱讚的快樂，就要馬上投入下一期了。如果又兼叢書主編，壓力又更大了，邀稿、編排、印刷、發行……你可以想見他們的生活是在一種被割裂的狀態，能留給詩的時間是極有限的。

所以我當時建議這些詩人朋友，是不是該在辦公室擺一張桌子，放硯台、毛筆，每天留三十分鐘給自己，寫一些毛筆字，寫一些詩。這三十分鐘內，什麼事都不要想，就是回到很單純的詩。

我不知道這可不可行，我是很心疼這些朋友的，因為我覺得他們在詩與現實當中要找回自己，是很難但也是很重要的事情。

這就讓我想到，為什麼我們的社會不能給這些詩人一個空間，讓他們一輩子寫詩呢？唐朝出了很多詩人，李白、杜甫、李商隱等人都在那樣一個時代裡，把寫詩做為一生最高且能持續的理想，他們寫詩不是只有在少年時，或是到某個年齡就中斷，他們是一直寫到老。這是社會環境的問題吧！如果環境沒有詩的空間，沒有意識到寫詩是一種專業，詩人何以為繼？

在歐洲、在中國大陸，名片上的職稱是可以印「詩人」的，可是在台灣可能出版了好幾本詩集，還沒有自信說自己是「詩人」。

特別是在大陸，他們模仿歐洲訂定國家評選制度，針對文藝創作者進行職稱的認定。所以詩人有一級詩人、二級詩人，畫家也有一級畫家、二級畫家，連演員都有。在台灣，我們沒有這樣的制度，也讓我們的文藝創作者好像沒有一個被認定的身分。

後來我聽說身分證的職業欄已經可以登記詩人或是畫家，問我要不要去改？其實是有點矛盾的，因為我是把它當作一個心靈的寄託，雖然事實上，它也是一種職業，可是當我想把它寫進身分證上的職業欄時，我又會覺得害怕。

就像我第一次看到有人名片上寫「詩人」時，嚇了一跳，心想這個人好自傲，怎麼敢稱自己是詩人。我想到的詩人應該是李白、是杜甫、是波特萊爾（Charles Baudelaire, 1821-1867）。「詩人」聽起來是很崇高的。

可是我再進一步去想，李白、波特萊爾，他們是在多少失敗的詩人中成為最後的成功者，如果一個社會裡面，沒有這麼多失敗的詩人，就不會有這個成功的詩人。我的意思是說，如果台灣不承認有以寫詩為專業的詩人，李白、波特萊爾永遠也不會出現。唐朝有多少人寫詩，若沒有這些人前仆後繼的創作，不會拱出一個李白站在金字塔的頂峰——金字塔的底部是很大的，沒有底就不會有頂。

為什麼這麼多畫家要往法國跑？因為法國每年拿國家補助的畫家約有四萬多人，畫家在法國可以靠繪畫活著。但如果是在台灣，他就必須培養另一種專業，做另一份工作或是去教書，才能讓他安心作畫。

當韓波在台灣

畢卡索和常玉，他們曾經同時在法國，而他們都不是法國人。畢卡索是西班牙人，法國的制度幫助他在很年輕時就成功了，開始賣畫，有很好的收入。常玉是中國人，在當時是不成功的，他的畫賣得不好，所以很窮。但他照樣生活在巴黎，因為他的房租是政府付的。

潘玉良也是，她如果在中國，就必須到大學教書來養繪畫；可是她在巴黎，不必做這件事，她有一個獨立的身分，讓她專心投入創作中。

其實台灣日據時代的畫家，如陳澄波、李梅樹等人，都是獨立畫家，他們很少需要另外一份賴以維生的工作。即便是像「礦工畫家」洪瑞麟，他去做礦工也是為了體會生活，在繪畫這部分還是蠻獨立的。可是到了大概民國五十幾年以後，大部分畫畫的人都是在師大美術系或者是文化大學美術系工作，他必須用一個大學教職來養他的繪畫，而且認為這是一個最好的方法。

可是，教職其實是會干擾創作的。所以台灣在某一段時間沒有出現像陳澄波那麼好的畫家，他們被犧牲了。因為如果要做好一個美術老師，他要關心學生、教導學生的時候，他本身的個性會被磨掉，他沒辦法率性、主觀、獨立的創作。他要開系務會議、要當學生的導師、要批改學生的作業，還要兼一些行政工作；這個過程中，畫家獨特的性格就被磨損掉了。

我自己是這樣走過來的，所以我很清楚。在我辭掉大學講師的職務後，作品的量變多了，作品的質也和以前完全不同。我在整理時都會嚇一大跳，在拿掉教師的身分後，個性整個都解放開來，我終於回復真正的蔣勳、真正的自己，而不再是綁手綁腳的。

我相信不只是畫家，詩人去當編輯、作家去當大學教授，都要面臨同樣的問題。如果我們希望台灣也能出現波特萊爾的話，他就不能是編輯，不能是大學教授。

我常常在想，台灣有沒有可能出現一個像韓波（Jean Nicolas Arthur Rimbaud, 1854-1891）這樣的詩人？他在十六歲時詩就寫得這麼好，被請到第一流的詩人面前去朗誦。可是，他的個性桀驁不馴，永遠不穿你們的服裝，永遠不用你們的語言，甚至在十九歲時說他不要再寫了，到處流浪。這麼一個詩人在法國是受到尊重的，且變成文明史中不可或缺的部分，我真的很感動，這才是一個成熟的社會吧，連魏爾倫（Paul Verlaine, 1844-1896）這麼一位法蘭西斯學術院的院士，都驚覺眼前這個小子把他們生命裡的某一個東西釋放出來，所以他們讚美他、歌頌他、鼓勵他、保護他。

如果韓波是在台灣呢？

創造出獨特的文體

在台灣最窮困、經濟最壞的年代，我們都還有《筆匯》，有《文季》，有《現代文學》，那麼在我們這麼繁榮的時候，如果連一本文學雜誌都沒有的話，我想這個社會是讓人覺得遺憾的。

而且文學有一個很大的好處，它會反映生活的面貌，它會讓你看到事件正在發生，引導我們去思考，但又不會像哲學那麼嚴肅。我記得有一期《聯合文學》，發表了郁達夫、徐志摩和胡適三個人的情書，那一期很讓我感動，這三封信選了三個我們很熟悉文學界的人，三種不同處理愛情的態度，你可以看到郁達夫的憂鬱，看到徐志摩熱情到完全不顧現實，還有胡適的完全理性。看到那一期，我真的覺得文學非常重要。當一個讀者面臨到情愛的困境時，他雖然不會是三位作家中的任何一個人，可是他會因為這三封信開始思考，並調整自己，我想這就是文學的功能了。

文學的效果很難估量，它不是直接給人答案，而是給人多一點機會去思考。例如情愛的問題很嚴肅，但它卻可以用三封信去表達。又譬如前面提到七等生的〈思慕微微〉，那是一種很個人的情慾描述，卻會引起我們的思考，讓我們反省，並尊重一個藝術家在自己的難關中，以誠實的鋪敘去度過困境。

在一個圖像逐漸取代文字的世界裡，我會更希望留存一個文學的媒體。因為我覺得，文字的反省力遠高過於圖像。即使閱讀人口越來越少，被電影、電視或者網路媒體瓜分了，但這個族群會變少，卻不會消失。我們看日本和歐洲的發展就會知道，文字不會完全消失，在地下鐵、在電車上，還是有很多人拿著書看。

文學反映社會是快速的、直接的，但文學與作者的關係，現在看來，卻是逐漸在疏離中。比我們早個三十年的作家，如白先勇、陳映真、黃春明、七等生等人，我們讀他們的作品時，即使把名字蓋掉，還是可以一眼就看出這是誰寫的。《台北人》一看就是白先勇的文體，陳映真早期的《將軍族》、《我的弟弟康雄》更是讓我百讀不厭，而那個文字的結構，諸如很長的句子、副詞子句加上繁複的形容詞，就是陳映真的文體，而讀七等生的文字，就是會進入一種超現實的、真假混合的虛擬世界中，非常迷人也非常令人困惑。至於黃春明那種混雜著泥土芳香的聲音質感，更是獨樹一幟。我要說的是，他們真的有文體，所謂的風格（style），與寫的主題無關，與寫的內容無關，純粹是文字被閱讀時所產生的一種精神上的力量。

就像人的面貌，或者是聲音的質感，那是文學讓人著迷的特色。可是在現在的文學作品裡，這種力量已經有一點被沖散了，我很難在下一代的作家身上看到所謂的「文體」，它變成有一點中性化了，把個人的獨特性拉平了。

我不曉得什麼原因，可能是作文教學太發達了吧。當作文有範本時，是不容許有獨特性的，其實最沒有文體的作品就是作文範本，那是一個四平八穩卻毫無特色的東西，它可以讓你通過考試，卻不會讓你有任何獨特性。我常在想七等生的作品如果讓作文老師批改的話，應該會覺得文法不通吧。

我的意思是，文學創作常常是故意叛逆、違反作文文法的。我們在波特萊爾的句子裡看不到文法，或者說他的詩是新文法。但這個新文法能被學校的國文老師接受嗎？

學校老師教孩子作文，要語法正確、不能有錯別字，可是好的作家也可能有錯字，這個錯字是他故意創造的新字彙，譬如沙特寫了一本書 *Les Mots*（台灣翻譯成《沙特的詞語》，左岸文化出版），就字面翻譯就是「字」的意思，他就解析說，波特萊爾用的很多字，從正規的文法來說是錯的，可是在他的詩裡面是好的，因為他會創造新的經驗、新的image。

我們的國文老師會了解嗎？我自己在初中時，就常碰到這樣的事，老師會幫我改錯字、改你的文法，然後說：「你那麼愛文學的人，連基礎都弄不好，將來怎麼創作文學？」可是那時候我已經讀了很多經典作品，老師眼裡的錯字其實是我故意用的。

有一次我跟白先勇聊天，他就說他會用「年青」而不用「年輕」，他永遠都不喜歡用輕重的「輕」，他很討厭那個字。所以如果你仔細看的話，會發現他的作品裡只有「年青」沒有「年輕」，這就是他的風格，他的文體，你不能說他錯了。所以我在這裡特別要講的是，後來的作者文體性有一點被抹殺了，很難形成獨特的文體，也許是因為老師教得太好了。

文學是一種感染

這種中性化的現象非常明顯。我和陳映真聊天得到一個比較一致的看法，就是文學青年起步與我們當初不一樣，他們不是從閱讀出發，而是從電影。他們是電影的族群，電影對他們的影響很大，這個世代是畫面的，不是文字的。

譬如說，我在中學非常喜歡杜斯妥也夫斯基，我會一直讀他的東西，一直畫線，我的文字會受他的影響。陳映真則是透過英文、日文讀很多外國的作品，所以他的文字也不是純粹漢語的，而是有很多日文副詞子句的結構。我想七等生也有，甚至雷驤，他的文字是帶有日文氣味的，我不知道為什麼，可能是受那個年代翻譯小說的影響。而白先勇是從《紅樓夢》出發，所以他的文字是比較偏純粹漢語系統，跟七等生、陳映真又有一點不同。

這些都是與閱讀有關，閱讀不同的素材，會得到不同的文字風格。可是，在圖像媒體中，文字的特性不明顯，閱讀電影的這個世代，比較難在文字上形成所謂的風格。近代年輕作家中，讓我覺得有文體的應該是邱妙津，在我第一次讀她的《鱷魚手記》時，我有一點嚇住了，會問：這是誰啊？怎麼會有文體。因為我長久以來沒有感覺到文體這個東西了。

我這麼說不代表年輕作家一定要靠閱讀發展出文體，我覺得不需要。每一代的文學有自己的特徵，就像《水滸傳》絕對是反映那一個時代的說書習慣，那也不是從閱讀出發，而是說故事，所以你看《水滸傳》完全覺得是可以唸出來的，它就是跟說唱文學有關。

今天小說很難說、很難唸誦，因為它是視覺的、畫面的狀態，所有的心靈空間都是打碎的，他運用了很多蒙太奇的拼貼手法，從這一個畫面，啪的跳到另一個畫面。有時候你會抓不到它的重心跟主體，而這就是他們的特色。

不需要要求這一代的人去寫以前的文體。譬如說白先勇很關心尹雪艷，他的主題就圍繞著尹雪艷這個角色，但新一代作家在書寫的過程裡，很少關心人的角色，主角是模糊的，非常模糊的，是很多幻影在交錯，與過去「主角」的概念非常不一樣。

我相信文學是一種感染，在這個時代的氛圍當中，他們彼此之間會有一種默契，譬如網路族群發展出網路文學，他們彼此會懂，可是我是一個不太上網的人，我讀網路文學就好像闖進一個完全不了解的世界，就像愛麗絲到了一個不同的世界，她就驚訝住了，那個邏輯是不一樣的。可是基本上，我不懂，但我完全尊重。就好像我回到三、四千年前，在一個烏龜殼、牛骨頭上刻字的時代，那個刻字的邏輯一定與現在電腦選字不一樣，而這就會影響到整個人的思維。每一代、每一代都有不同的思維，每一代也一定都會有ＬＫＫ，沒有辦法進入新的文學領域，我相信這是一個完全正常的現象。

我並不認為這樣不好，我也相信在這一代的創作中一定會出現一個優秀者，建立自己的文體，而那個文體是什麼，我目前還沒有看到。因為社會是處在轉型的過程中，這一世代的創作者還需要摸索一段時間。

愛與情

錄像攝影／郭芃君

在臨終的時刻，
怎麼看待自己這一生愛的功課，
會是一個圓滿的分數，
或者是不及格，甚至零分？

愛與情

愛，也是一種介入。
莽撞的介入是一個因，
與他人就會產生一個果，
然後構成很多的業，生出許多的煩惱。

幾年前我有一次長程旅行，從台灣出發到西班牙的馬德里時，陽光亮麗，再一路往北到畢爾堡，看到片片雪花飄下來，不一會兒松樹枝葉上都結滿了冰霜。然後我到了巴黎，看到巴黎冬日難得一見的溫暖陽光，又從那邊飛到溫哥華、到洛杉磯，最後地球繞了一圈，我回到台灣。

人類的空間感是非常奇怪的東西。過去的人從西門町走路到北門，再從北門走到南門，就是台北市的範圍了。可是對今日你問任何一個小學生，他都會覺得很近，他坐上公車、捷運就可以到更遠的地方。人類在整個工業革命之後，空間不斷在擴大。不要講別的，一直到我自己讀完大學，要出國的時候，坐飛機還是一件大事，要做這件事情之前要有長久的準備，上飛機前整個家族都來送機，還要拍團體照。可是這幾年我出國都是一個人就走了，也沒有人覺得出國有什麼了不起。

而在科技發達之後，空間感又開始改變了。我到洛杉磯時，碰到一個學生，他當時是做電腦網路系統的，他說網路e-mail系統建立了以後，洛杉磯跟台灣的距離只有兩秒鐘。

這套系統如今已經是家喻戶曉，一般人幾乎都會使用。可是對於那時候的我來說，我聽不懂。資訊的快速傳播卻是事實。我想，全世界的時間、空間都在同步化，以前我們覺得要到一個地方好遠，要得到一個消息好久，現在不會了。現代人類的生活面貌，變化得非常大。我說變化，沒有說好或不好，事實上這是一個矛盾的問題。有時候會讓你覺得沒有辦法停下來，可是有時候你又覺得無法抵抗，你要退回到中央山脈的荒山裡，不看電視不看報紙過生活嗎？那其實沒有任何意義。

最終你只能選擇，選擇你要什麼，不要什麼。譬如說手機，它可以讓人隨時找到你，傳遞訊息給你，可是相對的，你的生活也會越來越不自由，有更多的牽掛，更多的干擾，一個專屬於自己反省、讀書、沉思、安靜下來的時間空間越來越少。

所以你必須選擇，你覺得跟別人的溝通是不是必要的？什麼時候是必要的？以及在什麼時候必須回歸自我本性？譬如說我有打坐的習慣，那段時間我不會接電話，或者就把電話拔掉。這就像古代禪宗公案裡的問題，怎樣回到本性？因為所有的科技畢竟不是人的本性，它只是眼耳鼻舌身，與外界溝通的管道，最後還是要回歸到心的問題，如何定住你的心，是最重要的。

不過從另外的角度來說，很有趣的是，我們在宗教的修行裡面會有內外之分，外層的干擾越大，本心修行的力量也會越來越強。過去的人外層干擾小，修行的考驗相對較小，現代人考驗更大了，他的外層世界是一整個地球，所以在這個時代，非物質事件的宗教、哲學、心靈上的修行，變成人們更需要的東西，需要的強度也越來越高。

我就常常碰到在電腦界、科技界工作的朋友，很認真的在讀宗教、讀哲學，對於過去認為是非科學的玄學系統，表現出極大的虔誠。就像愛因斯坦，他是二十世紀最偉大的科學家，事實上他也是非常虔誠的教徒，且非常喜歡巴哈的音樂。這就是說外在環境和內在心性這兩個部分是一起在進步的，就是我們在修眼耳鼻舌身這些根器的同時，其實你內在的東西也必須進步，一起發展。

猶如船過水無痕

回到我自己的旅行經驗。過去旅行前，我會好幾天睡不著覺。小學的時候，只要一次遠足，不過是從大龍峒走到圓通寺，就興奮得不得了，所以每次去遠足，大家就會問：「你怎麼搞的？眼睛都腫腫的。」我根本睡不著覺。就一直擔心會忘了什麼，要準備什麼，那個心情是很亂的，因為期待太強了，慾望太強了，整個心都是處於被干擾的狀態。

可是我這次出國，晚上七點多的飛機，我三點鐘還穿著拖鞋在家裡。我的學生要送我去機場，他到我家一看，說：「你一點都不像今天要出國的樣子。」

當我要去做一件事，那件事情是我已經習慣的，我就可以很從容，不是因為事情少而從容；我小學的時候，雖然要準備的東西很少，但好久才遠足一次，我就不夠從容，我的心很亂。可是現在我常常出國，我可以很從容的整理行李，從容的到機場check in，然後從容的登機。

在等待的時間裡，過去我可能會慌慌忙忙去想很多事情，但是現在，一個小時就是一個小時，這個時間是我的，我就拿出稿子開始寫小說，等到廣播要登機了，我也不慌不忙，反正一定會有位子。然後大家都上飛機了，我把安全帶綁好，再拿出小說繼續寫。大概飛到曼谷三個小時的時間，我已經寫完了幾千字。

在曼谷轉機時，我就看看免稅商場，看看世界各國往來的人，看看那些匆忙、擁擠、充滿了期待慾望的臉，或者剛剛跟親人告別哀傷的臉，或者等著要跟親人見面喜悅的臉。很奇怪，這種心境的從容，會讓你在這麼多事物當中，變成一面安靜的鏡子，就是映照，就是不著痕跡；不會被憂傷的面容干擾，也不會被喜悅的面容干擾，就只是看到物象在過去。

我想人生大概也是這樣，如果你對於人生前面的事情有了清楚的概念，甚至人生的終結也都很清楚了，就是「遠離顛倒夢想」。

我們常常會有「顛倒夢想」。

記得我在阿姆斯特丹轉機要去巴黎，中間有兩個小時的休息時間，我就找了一個安靜的角落，都沒有人，位子是空的。我前面就是行人輸送帶，人站上去，就會把你送到另一頭的設施。因為阿姆斯特丹機場很大，轉機的人會搞不清楚，坐沒一會兒，就看到一個頭纏著布、從北非來的阿拉伯人，對著我大叫，因為他在輸送帶上下不來，只是對著我大叫：Frankfurt。我想，他是要轉機去德國法蘭克福，不知道要怎麼轉。但一時反應不過來，不知道怎麼回他，只能看著他被輸送帶帶走。

我又坐下來寫小說，過了一會兒，又有一個阿拉伯人對著我大叫Frankfurt。我趕快去找Frankfurt的牌子，然後告訴他是幾號登機口，我不知道他聽懂沒有，又被輸送帶帶走了。之後，又來了第三個阿拉伯人，又是Frankfurt，我不知道那天怎麼那麼多北非的人要到Frankfurt，可是那個時候，我忽然覺得有趣了。

這是一個和我無因無果的事件，我不知道他們從哪裡來，也不知道他們要到哪裡去，更不知道他們為什麼要到那裡。無因無果。

後來我把這段經歷寫進小說裡，這個時候，我覺得我對無因無果的事物，只有一種帶著從容與尊敬的觀察，不是介入，因為心是靜的，我沒有介入那個因果當中。

如果是以前的我，可能就會開始著急了。我們在旅行當中遇到很多事件，都會選擇介入，然後被牽連、被干擾，可是那次很奇怪，我只是站在那裡看著。

我忽然懂了為什麼《論語》說：五十而知天命。我已經過了這個年齡，真的覺得對眼前的事物有一種淡、有一種同情，這個同情跟以前的介入不同，是對人世間有一種「靜觀」的姿態。靜觀，所以不會因為外面的喜樂悲哀而喜樂悲哀，但又不是不關心，或者應該說是更大的關心。

對於同事、學生之間發生的事情亦是如此，我會安安靜靜的看著，就像一面鏡子，過去會覺得憤怒的事情，現在只覺得好奇，為什麼這個人會這樣？他為什麼會這樣想？我不太願意去判斷，只是看著，隱隱覺得背後一定有很大的因跟果，是我們不知道的。如果不知道我們怎麼介入？

莽撞的介入是一個新的因，與他就會產生一個果，然後就會構成很多的業，生出許多煩惱。所以我會讓自己保持在一個謙卑的狀態裡，不介入這個因果中，只是看，以一種「船過水無痕」的心情。

在我們的文化裡，有一個成語叫做「隨遇而安」，就是你在不同的境遇當中去求一個「安」。這麼想的話，每一日、每一分、每一秒其實都是在修行。

愛是人生的課題

愛，也是一種介入。

我相信，愛是人類最大的課題。所有的宗教、所有的哲學、所有的文學藝術，百分之九十的主題，都在談論愛的問題。這麼大的問題，幾千年來被人類討論，還是沒有一個結論。

所以我們要探討這個主題時，應該是要懷抱著謙卑的心情，不意圖立刻下定論，這是一個要用一生去修行的課題。我不確定每一個人在最後都能圓滿，我的意思是在臨終的時刻，怎麼看待自己這一生愛的功課，會是一個圓滿的分數，或者是不及格，甚至零分？

基本上，我覺得愛有兩個部分，是常常會混淆的。一部分是愛的本質，我們對愛有一種渴望跟需求，就像柏拉圖所說，你為什麼愛，因為你欠缺。〈饗宴〉是柏拉圖討論愛最重要的一篇哲學作品，內容是講很多人一起喝酒，有醫生、有詩人、有喜劇家，當然也有哲學家蘇格拉底。他們設定了一個主題，討論愛，尤其是「愛慾」這個問題，每一個人都從不同的角度提出看法，最後由蘇格拉底做總結。這裡面我們就可以看到柏拉圖提到關於「愛的本質」的問題。

另外一個部分，愛也可以變成一種形式或習慣。譬如傳統中國父母會對女兒說：在家從父，出嫁從夫，夫死就要從子，叫做「三從」。對於一個女性來講，她的愛是被這三者決定的，沒有其他可能。今天我們在路上隨便碰到一個女孩子，問她：「妳覺得三從是對的嗎？」她很可能是反對的，意思是說愛的形式、愛的表達方式，會隨著時空改變。我們今天講愛所引起的混亂，就是在這種形式上的混亂。

過去女人的愛那麼簡單，在家裡反正就聽爸爸的，結婚以後就聽丈夫的，丈夫如果死了就聽兒子的，這麼簡單的三從規則，就夠用了。她從來不用去煩惱或憂傷自己的愛情如何釋放，因為社會的禮教已經全部為她設定好了，甚至她根本沒有機會去接觸更多的異性。

但是現在，愛的形式改變了，整個社會倫理、外在的規則都跳出原來的框架。一個職業婦女每天都會接觸到很多異性，她受到挑戰與被牽連的機會變多了，就像我們前面所說的，外在的考驗變多時，內在修行的需求度與難度都會提高。

在這樣的情況下，對於這個問題的探討，應該要用最誠懇的態度，去把所有的個案做最嚴肅的整理，沒有任何嘲笑或者不好意思的問題，才可能在社會建立起新的倫理規則。

願得一心人，白頭不相離

關於愛的本質，可以確定的是：人是為了幸福而活的。人永遠需要愛，需要付出愛，也需要得到愛，這是本質，可是在形式上，不同的社會法律、道德倫理，有不同的愛的形式。譬如前幾年看到報紙登一則消息，一位阿拉伯公主因為自由戀愛就被爸爸活埋。這件事如果發生在台灣，我們會覺得簡直不可思議，太殘暴了；可是對阿拉伯人而言，他們認為這樣處理問題是對的。也就是說，阿拉伯公主自由戀愛從一個角度看，它是一個動人、偉大的愛情故事，可是從那個社會的角度看，它是不道德的。

這就是我要說的，愛的形式與道德、法律沒有辦法脫節。愛不可能完全聖潔、完全單純到脫離人類的法律、道德，一旦發生衝突時，你就只能選擇。羅密歐與茱麗葉千古以來讓人感動的原因，就是他們衝破了法律與道德，梁山伯與祝英台之所以讓我們落淚，也是因為他們衝破法律與道德。再提一個更有趣的例子：《白蛇傳》，這是一則非常動人的愛情故事，因為主角是人與蛇，多麼不可能在一起。這些故事就是企圖保有愛情的純粹性，可是這個純粹性要存在現實之中，非常困難。羅密歐與茱麗葉怎麼可以在一起？他們兩家是仇人啊，梁山伯與祝英台怎麼可以在一起？一個這麼有錢，一個這麼窮，有階級問題啊，那白蛇和許仙又怎麼可能在一起？一個是蛇一個是人。種種現實的聲音都是要說服你，純粹愛情的不可能性。

在這樣的狀況下，如果你還在堅持愛情至上，堅持愛的聖潔主義，你就要無怨無悔，不管遭遇任何困難，甚至是死亡。如果有怨有悔，從一開始你就要回到法律跟道德的規範裡，一開始就不要背叛法律跟道德。

這完全是你的選擇。

其實，每一段愛情，我們都應該回過頭來問自己：我要扮演什麼樣的角色？

如果你選擇一段轟轟烈烈的愛情，要震撼整個社會的道德跟法律，你應該要很清楚結局。如果不知道，糊里糊塗的，在遭到責備時才滿懷怨悔，那我會覺得是這個人自己沒有想清楚。

愛情有絕對的內在本質，也有客觀的外在層面。內在的本質可以是一個最聖潔、最崇高的東西，但它的外在則受限於許多形式：法律、道德，包括所愛的對象都是外在的現象。所以當你個人選擇無怨無悔時，可能碰到的最大難題，就是對方退縮、改變了。

西漢卓文君在第一任丈夫過世新寡期間，在一個非常哀傷的狀態下，遇到了才華洋溢的司馬相如。司馬相如也非常喜歡卓文君，所以作了一首詩〈鳳求凰〉，「以琴心挑之」，就是彈琴唱給她聽，卓文君就被感動了。

在這裡就有一個難題：愛可不可以被替代？歷史上並沒有記載卓文君的前夫是什麼樣的人，他是不是也愛著卓文君，或卓文君是不是也愛他？可是在這個時候，在她守喪期間，她卻愛上了司馬相如，甚至跟他私奔。那她不是背叛前夫了嗎？

這裡面是有矛盾的，不只是說她震撼了舊的社會倫理價值，跟一個男人私奔，同時也包括卓文君是不是相信有所謂永恆、不朽的愛情？如果她相信的話，那她自己本身就很矛盾，因為在她遇上司馬相如之後，就背叛了與前夫的愛情。

後來司馬相如也變心了，卓文君寫了很有名的一首詩〈白頭吟〉，說夫妻情分如溝水東西流時，她除了悲傷還是悲傷，但既然司馬相如有二心，她也只好做個了斷。其中一句「願得一心人，白頭不相離」，道盡古今中外男女對愛情的最大渴望。

而這種被遺棄的心情，在班婕妤的〈秋扇賦〉中有更貼切的描寫。她把自己比喻成秋天的扇子；夏天很熱時，扇子不離手，但是到了秋天，不用扇子了，就把它丟在一旁，所以說「秋扇見捐」。我想我們社會裡，不管女性男性都有過這樣的憂傷。

在這個時候，我個人覺得應該要重新考慮自己愛情的聖潔性與崇高性，愛情的本體是在我，或是對象？如果是在我，那麼在我的生命裡面，愛情已經完成了，我所得到的歡悅、圓滿的部分，都將隨著我的一生永遠不會褪色，至於結局是什麼，我不太在意。

常常會有朋友或是學生來找我，訴說他們因為戀愛而哭泣、哀傷，覺得活不下去，我就會問他們：「你覺得你跟這個人在一起，曾經快樂過嗎？」有時候他們生氣到極點時，會說：「我從來沒有快樂過。」我就會提醒他：「你是不是說謊了？你會不會沒有注意到？因為你如果沒有快樂過，現在就不會這麼難過。」

我想，在很多時刻，我們需要被提醒，也要常常提醒自己，就是我所愛的這個人，他真的愛過我，對我善良，疼愛過我，難道要因為一些小失誤，或者他離開我了，我就要開始憎恨他、報復他，讓他從百分之百的好，變成百分之百的壞？

很多人會在愛情結束時產生憎恨，是因為他覺得愛情的誓言是永遠不會改變的，談戀愛時說的海枯石爛，就應該是要到海枯石爛才能變心，真的是這樣嗎？

我們回到古代的婚姻倫理，回到法律允許一個男人可以同時娶好幾個妻子的時候，法律可以規定他要把愛平均分給不同的妻子嗎？還是他也會有特別寵愛，特別不寵愛的？這就是說，愛的表達本來就是在一種習慣和形式當中。就像現在一夫一妻的制度被建立起來了，我們也習慣用這個制度去思考愛情，可是我們要知道，人永遠不是制度。

千萬不要覺得有一紙婚約就能保障愛情，只有愛情能保障愛情。

婚姻是法律，它可以保障一夫一妻制，如果有一方沒有履行，另一方可以告他，可以要求他賠償，法律可以判他有罪。可是你沒辦法以法律要脅另一方愛你。

婚姻與愛情不同，法律對愛情是無效的。可是我們常常把它們混淆了。

沙特和西蒙·波娃這兩個法國哲學家是一生的伴侶，可是他們不要結婚，他們不要法律的那張紙。他們對自己的愛情很有信心，所以不需要婚姻那張紙來保護。

愛情選擇常兩難

談論愛情這個主題，我常要很小心，因為我自己對於愛情有不同的角度和形式，也比較不會從世俗的層面去考量，但我想大部分的讀者，還是比較接受世俗的觀念，譬如說到了某個年齡就要結婚，結婚是要昭告諸親友，得到法律的保障，婚後雙方都不可以有外遇，這就是愛情最圓滿最順利的結局。

我不是說這樣不好，也不是要鼓勵任何一個人去學習沙特和西蒙·波娃，事實上他們是在做一種實驗，實驗人性有沒有可能不要靠法律的保障，靠人真正內在的吸引力去維持關係。譬如說兩個人願意住在一起，不是因為法律，也不是道德的約束，而是因為愛。

但他們的愛是很複雜的。因為這兩個人都是法國社會裡有名的哲學家，所以社交圈很廣，他們各自有很多同性的、異性的朋友，當然也會碰到被其他人吸引的時候。譬如說沙特去美國開會時，就曾經碰到同樣也是很有才華的人互相吸引，這時候他可能就忘了在家的西蒙．波娃。同樣的，當沙特不在家的時候，西蒙．波娃也會因為召開文學會議，遇到吸引她的男人。

沙特和西蒙．波娃有個共同的約定，任何事情絕不隱瞞，所以如果真的發生了外遇，他們就會告訴對方。他們兩個不斷的在實驗，如果聽到對方外遇，會不會嫉妒？會不會很傷心？會不會憤怒？怎麼樣通過這些嫉妒、憤怒、傷心，然後更確定彼此的選擇。

愛情的選擇常常是兩難的，愛誰多愛誰少，那個比重很輕微，我的意思是，不可能有全部愛或全部不愛這麼絕對的事。如果不是兩難就沒什麼好談的了，如果我全部愛這個人或全部不愛這個人，結局很簡單，大家都知道應該怎麼做，又何必要吵架？

我們常常會看到一些緋聞案，一個男子身邊有三個女性，或是一個女性周旋在兩個男人之間，我想，他們之間都不是全愛或全部不愛的問題，也不是因為愛了這個人，就不愛那個人。愛情是很複雜的，裡面有很多微妙的東西，連當事人都不容易搞清楚，只有從一個非常寬容的角度，你才能夠了解到在這樣的事件當中，每一個人是如何在努力調整自己，使自己進步，增加自己在對方心目中的比重。

沙特和西蒙．波娃都已經過世了，他們一直到老死都住在一起，所以被歌頌成為二十世紀偉大的愛情。可是我不知道，如果他們繼續活下去，會不會發生某些意外？會不會遇到一個人，讓他們決定放棄對方？

這種愛情的形式是讓自己每一天都在面臨挑戰，當然很艱難，所以我不鼓勵任何一個人去學他們，但同時我也要提醒，千萬不要認為婚姻那一張紙就有用。

我常常在想一個問題，婚姻可不可能繼續保有愛的持續性？因為我看到一些朋友本來很愛讀書、很上進、很在意自己形象，結了婚之後卻開始發胖……我不知道該用什麼字去形容，我的意思是婚姻好像讓兩個人開始自我放棄了。

我真的覺得，當你開始每天睡覺十二個小時，不上進、不讀書，然後發胖、不在意自己的衣著時，你就是不愛對方了。因為你已經不在意自己是不是吸引對方，不怕對方覺得你是不好的。

我相信我可以跟一個人在一起二十年，他都是新鮮的、迷人的，而且我也會自然而然的覺得，在他面前我不可以太差，我不會讓自己發胖，讓自己講話言不及義。我想如果因為跟一個人結婚而變得庸俗，或是對方變得庸俗，我真的會覺得厭煩。

我的意思是，千萬不要讓婚姻變成戀愛的句點，它應該是可以延續的。

很多人會說，好像古代的相親比較好，因為結婚那天就是戀愛的開始，彼此是互相吸引的。而我們現在的戀愛形式，是戀愛談到快膩了，就說結婚吧，然後就真的走進墳墓，把愛情葬送了，最後維繫兩人關係的常常是孩子。對於女性而言，至少孩子還有很大的吸引力，她可以把對孩子的愛取代了對丈夫的愛。可是那個男子就很寂寞了。有時候我會很同情這些男子，他們在不知不覺中被孩子替代了，而且女性對孩子的愛是很強的，有一些女性甚至是完全在孩子的愛裡得到滿足，根本不在意丈夫會不會回來。

給對方海闊天空的自由

愛情的問題真的很複雜，如果要下一個結論，我想，真正的愛是智慧。

一張法律見證、雙方蓋了章的婚約是一種限制，兩個人一起發誓說海枯石爛也是一種限制，但是這兩種限制都不是真正的限制，因為在現實中，有人背叛了婚約，有人背叛了誓言。真正能限制愛情的方法，就是徹底拿掉限制，讓對方海闊天空，而你，相信自己本身就具有強大的吸引力量，你的愛，你的才華，你的寬容，都是讓對方離不開的原因，甚至你故意讓他出去，他都不想跑，這真的需要智慧。

我今天不只是在講男性與女性的關係，父母對子女也是如此。我聽到很多爸爸媽媽說：「為什麼我的孩子老是不回家？」我不敢告訴他，他的孩子常常打電話給我，要到我家來。我想在這裡面是有問題的，他為什麼不回家？因為他回家只會受到限制，他是不被了解、不能溝通的，他在家裡感到痛苦，所以逃掉了。如果不能改善這個部分，讓家對孩子產生吸引力，那他永遠都不想回家。

我常常覺得，愛應該給對方海闊天空的自由，然後讓他願意回來、喜歡回來。你要把愛人當作鴿子，每天放他出去飛，等著他回來，絕對不是當作狗，在脖子上加項圈、加繩子，時時刻刻拉在手上，怕他跑掉。而愛情的本體是自己，自己永遠不應該放棄自己，你要相信自己是美的、是智慧的、是上進的、是有道德的、是有包容力的。如此一來，別人會離開你嗎？不會的，趕都趕不走的。

愛的平衡

在一些關於愛情的抽象論述中，我們絕對不會反對「專情」這件事情，我們最常歌頌的也是專情，一種「專一」和「專心」，愛一個人至死不渝，當我們對一個人這麼說的時候，當然就是一生一世的事情，甚至是生生世世，像「七世夫妻」的故事，海枯石爛，還要結來生緣的。

可是，所謂的「專一」、「專心」要如何解釋？每個人在他不同的成長過程中，都會有不同的領悟吧。就像你在春天時，到陽明山上走一走，繁花盛開，你凝視著其中一朵，這一刻是不是專一、專心？而當下一刻，你的視線轉移到天上飄浮的白雲，這一刻又是不是專一、專心？

其實我們是在很多的分心的片段中專心的，每一個片段的剎那是專心，從一個片段到另一個片段，還是專心，我的意思是說，我們要界定「專心」、「分心」是很困難的。如果舉的例子是花和白雲，很多人都可以接受，但如果是一個女人和另一個女人呢？

很多事物在自然當中，我們可以把它講得很美，就像老莊思想所描述的自然。但如果是人就不一樣了。我常跟朋友聊，花在開，開得那麼美，香氣四溢，她的目的只有一個：招蜂引蝶。我們說，花努力的綻放出美麗的姿態，吸引昆蟲來採蜜，完成花粉的交配，讓生命可以擴大和延長，我們會覺得美極了，但其實就是一種生殖的行為。如果是一個女性或是男性，很努力的把自己弄得很美，去招蜂引蝶，我們卻會覺得這是一件不好的事情，不美，而且不道德。至少當我們用「招蜂引蝶」這句成語來形容一個人的時候，就是帶著貶意的。

我喜歡把人的事情放到自然規則裡去看，你會有一種更大的寬容。

我相信人在漫長的進化過程當中，雖然已經稱自己是萬物之靈了，但身上植物、動物的部分仍然還在，如果能常常把人的問題，推到老莊的世界、自然的世界，今天我愛的兩個人，如果是杜鵑花或雲的話，也許是一種轉換的智慧吧。

我不知道這句話對於在愛情裡失去平衡的人，有沒有幫助？在現實中，哀傷很難忍得住，嫉妒很難平復下來，怒氣很難克制，可是當你回到大自然、回到宇宙，回到更大的空間裡，你會覺得愛情真的不是生命的唯一，在愛情最大的哀愁中，你還是要忍著眼淚坐公車去上課、上班，你還是要工作，還是要面對生活中除了愛情之外，所有繁複的事情。

我不敢粗暴的說：你不能哀傷，因為我知道為愛情哀傷是多麼痛苦的事情，我只能說，你必須要度過這個哀傷，要在成長的過程中，學會讓自己領悟：愛情不是生命的唯一，你要挾帶著這個哀傷繼續生活，並且更重要的，繼續愛人。

一直停留在哀傷的時刻，是沒有意義的事，當你能夠度過這個哀傷，並從哀傷中領悟到一些事情，哀傷才有意義。

當然，很多人在哀傷的當下，會覺得我忍不住、我過不去；我要說的是，哀傷很難過，但一定會過、一定能過的。當你度過了之後，心境就會不同，再回過頭看自己花很長時間度過的那個關卡時，就會覺得其實是鑽在牛角尖裡，只要能夠跳出來，就沒事了。

我也會建議，每個人生命裡愛的支點要多一點。支點就是你所倚靠、你的愛賴以支撐的對象。在物理學當中，物體如果只有一個支點，是很不穩定的；就像一座高大的建築物，地基要有很多支點支撐才能平衡、才會穩定。

世上我只愛你一人？

對我而言，生命的支點有我的父親母親、兄弟姊妹、我的朋友、我的愛人，還有路邊擦肩而過的路人，就像我前面所提阿姆斯特丹機場那些對我叫「法蘭克福」的北非人，他們也可以是我生命中的一部分。

我倚靠這些支點活著，或重或輕——我說或重或輕是指你不能把所有力量壓在一個支點上，你自己會受不了，對方也會受不了。我們常聽到：「我在這個世界上只愛你一個人」，這是一句美麗的話，也是一句可怕的話。我現在很怕聽到這句話，我想到的是：多麼可怕！我要負擔這麼大的責任，他好像二十四小時要盯著我，我不能再有其他生活了。

這樣的愛在年少時期，或許可以存在，因為那時候我們對愛情還有很多狂妄的想像，可是當你成熟之後，就會知道這種愛是危險的，是會壓碎一個人的，當三千寵愛只集於一身的時候，最後一定是個巨大的悲劇。

我寧願愛是可以平均分攤的，愛我的人，他同時也有親情的愛、友情的愛、同事的愛，以及在生活當中還有其他能吸引他的愛的事物，我會很感謝這些人、這些事幫我分攤了他的愛，沒有全部壓在我身上，讓我喘不過氣來。同樣的，我的愛也有很多的支點，不會只放在一個人身上，而這些分攤的愛，並不會減損愛情的純度，反而是一種增加。

因為愛是一種巨大的牽連。就像佛家說的「因緣」，同船過河都要五百年修來，那是何等的愛，我們對待任何一個擦身而過的人，怎能沒有愛呢？

用這樣一個角度去看待愛情，我想，就可以避免一廂情願的偏執，要求愛就只能是一個人，就是那個人。

但這樣的領悟是需要很長久時間的學習，大概要經歷很多次「我一定過不了」的難關之後，才會開始明白，愛應該是要放大、擴大，而不是把自己封閉起來。

其實在生活中我們可以看到非常多愛的形式，比如說我的學生裡有一個女孩子，她漂亮、善良、大方，又沒有結婚，像這樣的女孩當然就有很多追求者，所以她的男友永遠處在不安的狀態中，好像自己的地位隨時會被一個更優秀的男生取代。雖然這個女孩子很愛他，也常安慰他，但是這個男孩還是常來找我，告訴我他真的很擔心。

我就問他，那麼你願不願意選擇去愛另一種女孩？她可能很笨、很醜、很怪，都沒有人愛她，你就完全不需要擔心了。他說：「不要。」

我想這就是我們常會遇到的愛的難題，當你給自己這樣的選擇題時，你就能做出判斷了。

當然，我用美醜舉例為愛情的條件，是沒有意義的，因為世界上沒有絕對的美，也沒有絕對的醜。一個被人認為「很笨、很醜、很怪」的人，一定也有他美麗的地方，他自己要去發現，並且讓別人發現，如果自己都沒有辦法發現，把優點都放棄了、糟蹋了，糟蹋到最後沒有人去愛他時，那是他自己的問題。

所以我會說，愛的本質是一種智慧，尤其是年齡越長時。你在二十歲以前可以倚靠上天給予的青春、健康、年輕，這些不是你自己的，是上天給予的。而當你三十歲、四十歲、五十歲以後，你要如何保持自己的魅力？這就要靠智慧。

我認識很多朋友，他們年紀越長越有魅力，甚至有一個女性朋友到六十歲了，還是被寵愛著。所以絕對不要認為人的生命就是逐漸走向衰老，愛的機會也會逐漸減少，相反的，愛和智慧是隨年齡一起在滋長的，愛也會因為智慧越來越飽滿。

以暫時保管的心情面對愛

在歷史上，我們看到，李清照懷著對趙明誠的愛，兩個人一起切磋詩詞、研究金石，「金石」也變成他們兩人愛情的另一種形式了。後來他們又一起逃難，趙明誠走後，李清照以一生的愛寫下許多燦爛的詩歌，這種愛是飽滿的，當然也是哀傷的。

我們也看到趙孟頫和管仲姬這一對中國元朝的畫家夫妻，彼此相愛，你儂我儂。管仲姬到六、七十歲還可能保有年輕時的美貌嗎？不可能，可是他們兩人彼此投贈的詩詞到年老時還在持續，我想，這真的是智慧。

我絕對相信愛情不會隨年齡而衰老，它還是存在的，並不是因為我老了才這麼說，而是我真正相信。就像我們看到很多八卦雜誌，提到很多女明星老了之後，還是有很多年輕小夥子追求，她可能不是用青春去吸引，但她們一定有一些別的東西。

其實我們仔細去思考，青春是什麼？它是非常短暫的，是肉體的情慾，而情慾的魅力是出自好奇，當它重複到一個程度，彼此都會疲倦、鬆弛。所以絕對不要倚賴青春、倚賴性愛，還是要把愛的支體擴大開來，讓愛像一張網一樣，把你真正愛的對象都網羅在裡面。

這樣說起來好像是在設一個陷阱，但是當你無限的把網擴張後，它就沒有界線了，網就不存在了。

就像莊子說的一個故事，有一個人擁有一樣寶貝，他每天都把寶貝帶在身上，因為他覺得每個人都想竊取，他很不放心。有一天，他在換衣服時，差點把這個寶貝弄丟了，他覺得好難過。莊子就說，你覺得這個寶貝是你的，家人拿去就是失去，可是你如果把它想成這個寶貝是你家的，那麼即使被家人拿去，還是在家裡，還是你的。

他覺得有道理，就開始把東西放在家裡。可是有一天，這個寶貝被鄰居拿走了，他覺得很受不了，他失去了這個寶貝。莊子就說，你如果把這個寶貝當作是整個社區的，即使被鄰居拿去，還是你的，不是很快樂嗎？

後來，這個寶貝又被其他村莊的人偷走了……莊子就一步一步把他的愛擴大，最後就是「以天下為私，私以不事天下」，如果你覺得這個寶貝是天下所有，那麼不管它到哪裡，都是你的。莊子的意思是人皆有私心，但可以把私心擴大到整個天下，這句話聽起來很弔詭，可是，它就是一種智慧，非常難做到，但不是絕對不可能。用這種態度去面對自己最愛的東西、所有被你稱為寶貝的東西、你最害怕失去的東西，你才不會害怕。因為沒有一種東西是不會失去的，即使是在空間上你沒有失去，總有一天你也會在時間上失去。

所有的「寶貝」你都只能暫時保管，用一種暫時保管的心情，去面對愛情，其實會好過一點、寬容一點。而且，既然是個寶貝，就絕對不會只有你一個人愛，如果只有你一個人愛，它就不是寶貝。這裡面的衝突，自己慢慢去體會、去調整，當你失去的那一天，你會少一點憤怒、少一點怨氣、少一點嫉妒——我只是說少一點，不是沒有，因為連我自己也做不到。

情與慾

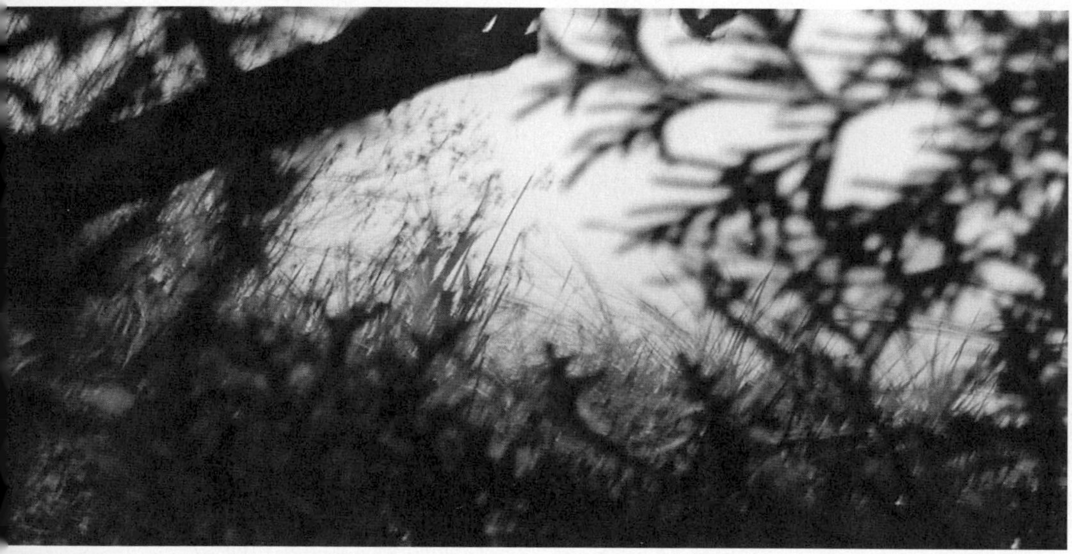

錄像攝影／郭芃君

09 情與慾

情慾在我們的文化中，
會變成一種恐懼，
而使人不敢去正面凝視。

情與慾

什麼叫做啟蒙？就是把蒙蔽的東西拿掉。
沒有啟蒙，就沒有對話，
把蒙蔽的東西拿掉，讓大家更逼近真相。

身體在人類的文化中一直是個蠻大的禁忌，大部分的文化，在牽扯到人的肉體和精神時，多半會得到一個結論：就是精神是比較崇高的，肉體是比較低下的。不管是印度文明、中國文明、希臘文明或埃及文明，都有這樣的論點，希臘只是相較之下平衡一點的，卻還是存在著對肉體的輕視。

前面曾提及柏拉圖討論「愛」的哲學作品〈饗宴〉，在這篇作品裡，柏拉圖認為肉體是通向靈跟精神的一個過程，他很重視這個過程，所以在〈饗宴〉篇中，他有很多對身體慾望的描述，包括人被天神懲罰，劈成了兩半，終其一生在尋找另外一半。人為什麼會有愛？因為本身不是完整的，因為欠缺才去愛；當人找到另一半，跟另一個身體合而為一的時候，才是完整的人。

就神話而言，這是了不起的象徵，也是一個很肉體的象徵。可是在〈饗宴〉篇最後蘇格拉底出現了，當天的筵席是為了慶祝一位年輕俊美的詩人得獎，他非常愛蘇格拉底，所以就趁酒酣耳熱之際抱著蘇格拉底，想用自己的青春去交換蘇格拉底的愛，但蘇格拉底不為所動，並且說一個肉體是交換不了我的精神。

這個結局還是跟世界上大部分的文明一樣，傾向於輕視肉體，好像肉體發展到了一個程度後就上不去了，而精神卻能不斷攀升。會不會這樣的一個傾向，幾千年來影響著我們，使我們認為對肉體非常不了解，或者也真的認為肉體就是一個骯髒、污穢、卑下、動物性的。我的意思是，千百年來的文明把靈跟肉分割了，但這是健康的嗎？還是說其實應該合在一起才是健康的。在柏拉圖他們討論的時候，肉體與精神還沒有那麼決然的劃分，只是柏拉圖希望能更多一點精神性的引導，可是接下來的基督教文明，就不這麼認為了，它讓靈跟肉變成絕對的對立，所以瑪利亞生孩子是不能夠有性的過程，在這個時候，肉體完全被視為墮落性的東西。

也因此發生了一個問題，這個問題恐怕一直到今天仍然存在，那就是如何藉由客觀的知識來描述人的身體？

人類長期以來不敢面對身體，是很危險的，啟蒙運動以後，西方慢慢開始想要重建人對於肉體的認識，可是過去的陰影太大，所以為什麼盧梭要把作品叫做《懺悔錄》？因為還是不太敢面對，還是覺得是罪惡的，才需要懺悔。為什麼明朝徐渭這麼一個在當時難得有一點點覺醒的人，要把自己的年譜叫做《畸譜》？因為他對肉體的反應與眾不同，他覺得自己是畸形的。

我常會建議很多人做自己的「身體備忘錄」，記錄下所有會讓身體有反應的事物，我覺得這是非常重要的，當你開始描述自己的身體時，你才能開始認識身體，並且用平常心看待你的身體。

設下防範的關卡

一直到現在，還是很少有人可以坦然面對性帶給身體的某一種愉悅。

如果吃到好吃的食物、聽到好聽的音樂，讓你覺得好快樂，你會說出來。可是對於性的愉悅，卻羞於啟齒。同樣的是官能上的滿足，為何會有差別？

心理學家佛洛伊德把人的發展分為口腔期、肛門期，在他的眼裡，這些感官是平等的，可是顯然我們重上不重下，好像上面的器官是比下面的器官高級。就好像我們看到一個優雅的婦人，說著食物多麼好吃的時候，不會覺得有什麼不妥，可是如果她談的是性官能的愉悅時，她就變得不道德了。

對於情慾我們設了很多防範的關卡，防範未必不好，但絕不是唯一的方法。要減低情慾，很重要的一部分是了解情慾。我特別重複這句話：情慾的減低來自於情慾的了解。因為當你用合理的方法去了解情慾時，那種生理上的亢奮是會減低的。很多人誤會接觸情慾就會煽動情慾，其實是不一定。

在基督教的思想中，肉體是因為吃了蘋果犯罪後被驅逐出伊甸園，所以肉體的原罪是無法擺脫的，但身處於非基督教文化的台灣，為什麼我們還要接受肉體原罪的態度，把肉體視為罪惡且骯髒的東西？有潔淨的身體才能迎接潔淨的精神，身體應該是一個乾淨的殿堂，讓精神入住，什麼叫做乾淨？就是不要用污穢的眼光去看待身體，它所有的存在才會是聖潔、崇高的。

在中國文學的傳統裡，其實一直在處理情慾感官的問題，從《詩經》到《楚辭》，經過漢樂府到唐詩，都是比較傾向格律，是用理性去歸納感官的美學，有點像孔子所講的：「哀而不傷」、

「樂而不淫」，意思是不管在快樂或憂傷當中，都不要走向極端。譬如說我因愛情感到痛苦，我就回來寫詩，以詩的形式來轉化、減低哀傷。中國文學很少會直接面對情慾問題，即使是後期的詩、散文，格律性都很高。你看〈岳陽樓記〉裡描述風景的文字：「銜遠山，吞長江，浩浩湯湯，橫無際涯；朝暉夕陰，氣象萬千。」三三四四的格律非常的清楚。也就是說，我們的文學傳統基本上是理性的，用格律去規範，因為要受限於形式，情感不至於太氾濫。

可是到宋元以後，戲曲、小說出現了，對於情慾的描繪就會比較直接，或者說試圖有另外一種解放，我不曉得跟商業城市的發展有沒有關係？宋朝以後，商業城市比較明顯，也開始使用紙幣，因為貿易發展到一個程度，用銅幣交易就很不方便了。隨著城市的發展，個人的部分也被凸顯了，而個人的部分與情慾的主題會比較密切。

譬如《白蛇傳》這個故事雖然起源於唐代的傳奇，真正的發展卻是跟宋代有關，西湖、雷峰塔、斷橋都是在南宋的城市中發展出來的，我們會發現，它對於個人情慾的觸碰相對就比較多。

在《白蛇傳》中，許仙跟白蛇被描述成情慾，而法海則代表了道德，彼此相互對抗，也許最初這個故事是為了禁止情慾，沒想到大家反而比較喜歡那個代表情慾的白蛇，而不喜歡代表道德的法海，投射出自己被壓抑的部分。至於白蛇和許仙是情還是慾，就很難切割了，因為「情既相逢必主淫」，不能說他們遊湖借傘相識只有情，沒有慾，因為他們後來還是生了孩子。

更有趣的是，白蛇根本是一隻動物，是「動物性」的存在，她在對抗法海所代表的神性存在時，所有的水妖、蝦兵蟹將們都出來了，和天兵天將對決，這個是非常象徵性的，代表人類所面臨的神性世界與動物性世界的對決，當然，最後動物性世界失敗了，被壓在雷峰塔下。然而，民間卻都很希望這座鎮壓住情慾的塔倒掉，所以一直編故事，編出〈狀元祭塔〉，說白蛇的兒子長大後到塔前祭母，跪拜三百趟後，塔倒了，救出母親一家團圓。

民國初年，魯迅也寫過一篇精采的文章〈論雷峰塔的倒掉〉，是雷峰塔真的倒了，他聽說後心裡覺得十分欣喜。他很敏感的了解到，雷峰塔代表著道德、禮教，雖然禮教不能夠少，可是卻必須要能夠嚴肅的面對情慾，才是一個健康的禮教，當它不能夠面對健康的情慾，而是處心積慮的要壓制時，情慾就會反彈。

基本上，禮教是規範情慾，但不是互相對立。禮教也應該隨著時代調整，固執於壓抑情慾、對抗情慾的禮教，反而會傷害禮教。我的意思是，禮教的罪人其實是制定壓抑情慾教條的人，如果真的要讓禮教的存在有正當性，就應該好好面對情慾，否則就是說謊，同時也失去對情慾的規範性，因為兩者斷裂了。

所以像《白蛇傳》這樣了不起的文學，就是提供我們平衡禮教與情慾的思考方向。

《白蛇傳》裡不能沒有白蛇，也不能缺少法海，這是一個完整的情慾書寫，平衡探討情慾的問題。至於為何民間讀到這個文本時，大部分都不喜歡法海這個角色，就是因為在現存的世界中，法海的力量太大了，所以我們會傾向於支持情慾。如果我們是處在一個情慾氾濫的世界，我想法海又會變成比較強的力量。

我們前面提到白蛇是情慾的表徵，但其實青蛇這個角色是更「慾」化的。我看過很多不同版本的青蛇，這個角色非常複雜，大家現在看到的小青，是白蛇的奴僕，可是在雲門舞集的《白蛇傳》裡，青蛇是一個跟白蛇不相上下的角色，她跟白蛇一起在搶許仙。在雲門的舞台上，青蛇做了很多下腹部的動作，這個動作是非常慾望的，是性的動作。白蛇出現時，拿著扇子，大家閨秀的模樣，但青蛇出現卻是貼著地板，用蛇的腹部在走，充滿了性慾。我想，林懷民在設定這個角色時，受到很多西方現代思潮的影響，所以他特別把青蛇釋放出來，不再只是白蛇的小丫鬟。

我也看過另一個非常有趣的版本，是四川川劇，裡頭青蛇是男的，不是女的，他一直愛著白蛇，所以他跟許仙的關係非常奇怪。青蛇為了要陪白蛇出去遊歷人間，所以改換女裝，用現代的語言來說，就是一個「扮裝皇后」。他的原型是男性，但扮成了女性，他愛著白蛇，所以排斥許仙，很多次他都試圖要殺許仙，當然其中就會有很多情慾的衝突。

情慾變成一種恐懼

基本上，宋代以前，中國文學是理性的，以格律約束情慾；宋元以後，很多話本小說搬上戲劇的舞台，慾望的描述變多了，而且在舞台上很容易用身體去調情，所以累積下來到了明朝，就誕生了《金瓶梅》。

《金瓶梅》在中國文學史上其實是屬於異類，從來沒有人想過可以書寫「慾」書寫到這種地步，幾乎整部小說都是描寫慾，情的部分很少，西門慶、潘金蓮這些人，基本上都是被塑造成很原慾性、動物性的角色，而這裡面可能牽涉到商業的發達、個人主義的解放、女性長期被約制禁錮後產生反彈等種種文化現象。

我們不要忘記《金瓶梅》的寫作年代正好是中國壓抑女性最嚴重的年代，女性可以用一輩子的生命去追求一面貞節牌坊。這樣一個現象在當代的小說、戲劇中都受到批判。最有名的是湯顯祖的《牡丹亭》，寫一個十六歲的女孩透過死亡去完成情慾。遊園驚夢那麼動人，在當時造成流行，很多女孩子看完這個戲後就自殺了，因為她們覺得在死亡當中情慾才有可能表達。這就說明了一個社會對情慾的壓抑到了不健康、病態的地步時，勢必會出現反彈的現象。

《牡丹亭》裡最驚人的部分是〈驚夢〉一段，柳夢梅跟杜麗娘在夢中性交，完全就是性交的描繪，非常直接，直接到驚人的地步，包括用花瓣飄落來形容女性的落紅。最後十二月花神拿花把他們驚醒，說他們貪歡太甚。在官學、道學系統昌盛的明代，能夠這麼直接、這麼大膽的書寫情慾，可以說非常的另類。

我們不要忘了，這時候西方剛好是啟蒙運動，他們也正在經由啟蒙運動去認識情慾，盧梭寫《懺悔錄》剖白自己的情慾，就是讓情慾走到一個比較光明正大、比較開放、比較健康的一個狀態中。

我想情慾在我們的文化中，會變成一種恐懼，而使人不敢去正面凝視。連我自己以前偷偷看《金瓶梅》時，都會有一種罪惡感。不是它本身是可怕的，而是在一個道德系統當中，我們害怕去看、去接觸。張愛玲曾說，她認為《金瓶梅》是遠比《紅樓夢》重要的小說，她並且舉出很多例子說明《紅樓夢》的書寫受到《金瓶梅》很強烈的影響。她從一個女性的角度認真的讀了《金瓶梅》，並公開推崇它，是很難得的。

但《紅樓夢》絕對也是中國了不起的懺悔錄。大家記得裡面賈瑞這個人嗎？他一直想要和王熙鳳做愛，最後死在床上，遺精而死。慾望是可以把一個人折磨成這個樣子的。賈瑞生病後，跛足道人給了他一面鏡子，交代只能看反面，反面就是看到一個骷髏，他覺得好可怕，就把鏡子反過來看正面，看到的是王熙鳳向他招手，跟他雲雨無數次，最後他就死在床上。曹雪芹要寫的是慾望被挑起後無處抒發而陷入一個最痛苦的狀態。可是這一部分被多數談論《紅樓夢》的人都自動過濾掉了，多數人看的還是林黛玉的情。

別忘了「情既相逢必主淫」，曹雪芹要講的情跟慾是同一個東西，這也是他了不起的地方，就是隱藏在「情」的包裝裡對「慾」做了非常了不起的揭露，讓《紅樓夢》可以適應不同層次的閱讀，有的人看到表層不願意挖下去，但像張愛玲這樣的人，就看出《金瓶梅》跟《紅樓夢》根本就是一體兩面。

有一次我跟白先勇聊天，他也講《紅樓夢》裡不會隨便用「玉」這個字，賈寶玉、林黛玉、妙玉、蔣玉菡，只有這四個人用到「玉」字，本來還有個丫頭叫紅玉，王熙鳳就說：老叫玉，討厭死了，改她叫小紅。

而這四塊「玉」也各有所指。黛玉、寶玉是仙緣，妙玉是佛緣，蔣玉菡是塵緣。妙玉因佛緣走火入魔的壓抑情慾，最後下場是被強姦。而塵緣蔣玉菡則是一個反串的男戲子，他跟賈寶玉有過性的關係，賈寶玉後來挨打也是因為他。

白先勇提出這個「玉」的觀念是非常有趣的，也可以看出曹雪芹為人物取名字取得很小心，每個名字都是有暗示性的。譬如賈寶玉的父親一定要叫做賈政，他潛意識裡面是最不喜歡這個父親的角色，所以在命名時便意有所指其「假正經」。

《紅樓夢》在情慾書寫上有非常細膩的安排，在表達上也用了非常多的格律，使得一個糾纏形態的「慾」能升高到一個比較可以纏綿發展的「情」。我用「糾纏」、「纏綿」這兩個詞，雖是一字之差，但是前者是解不開的，很苦，自己苦別人也苦；後者卻是可以細水長流，緩緩進行，他可以有牽掛、有思念，也可以放下。情慾糾纏是一種折磨，而情感纏綿卻是很飽滿的東西。

我從來不覺得《紅樓夢》的主角是寶玉、黛玉，我覺得所有人都是主角，甚至也可以說《紅樓夢》裡面的每一個人物都是我們自己。

可能過去我們會膚淺說班上哪一個人是林黛玉，哪一個人是薛寶釵，在那邊比來比去。但到了我這個年齡，就會發現《紅樓夢》裡面所有的人物都在我的身上，我有王熙鳳殘酷的那一部分，也有晴雯的悲壯浪漫，她又撕扇子又補裘，什麼也沒做，卻被冠上勾引寶玉的罪名，最後慘死，死之前咬斷指甲給了寶玉，嘆一句：「早知如此……」我想，每個人一定也都有「早知如此，何必當初」的時候吧。

真正誠實的面對問題

十幾年前我在媒體上看到一位女性立法委員的發言，當時台灣青少年性的問題非常嚴重，平面雜誌媒體還曾就大學生做一個調查，發現男女同居的比率是百分之五十，而未婚生子和墮胎的比率也蠻高的。我記得很清楚，這位立法委員就在立法院上說：「我到十七、八歲都沒有感覺到性。」

她以自己為例，用一個個案的例子，做為立法的思考點，因為她沒有，理所當然別人應該都沒有，所以這個問題在社會上應該是不嚴重的。這個推論讓我覺得非常不可思議。

我只能說，我們沒有真正誠實的面對問題。

固然有可能如這位立法委員的情況，有些年輕人到十七、八歲仍未感覺到性，可是也一定有一些個案，是非常焦慮的、茫然的在情慾裡亂摸索；也一定有一些個案如作家邱妙津，在情慾中掙扎最後選擇在二十六歲時結束生命。

她絕對是一個個案，但是對這個個案，我們不應該視而不見。

尤其在教育系統中，我們更不能夠假設人是這麼脆弱、這麼沒有判斷力，所以不給予他關於情慾的相關知識。在政治上，我們已經嘗到惡果了，解嚴以前的台灣就是假設老百姓不可能有民主知識，所以叫做訓政時期，等到解嚴後要選舉了，上面的反而不知道該怎麼面對，政治搞得一塌糊塗。

人其實是有可能經由凝視真實的東西，反過來調整自己。

更何況我們不能在一個不理想的狀況下，再預設更不理想的狀況；我們的社會已經缺乏情慾的書寫提供正當的了解情慾的管道了，還要去禁止閱讀這些已經寫出來的作品會誤導大眾，這種假設本身才是愚弄。

一如巴黎大學在啟蒙運動時期所作的宣示：你不能假設別人無知，我們沒有權利假設別人無知。

新聞局曾經討論過是不是要為文學作品分級？我認為，文字本身有閱讀的難度，他的能力和成熟度必須要發展到達一個程度，才有辦法去吸收文字的內容。凡是能夠閱讀文字，並理解文字內涵的孩子，他絕對已經到達一個可以討論事情的狀態了。

文字和圖像、聲音的閱讀不同，圖像、聲音都是直接的，不管幾歲的小孩都能夠吸收到一些東西，所以像電視、電影會採分級制來限制孩子閱聽。可是，有分級制就真的能分級了嗎？我覺得我們的社會常常自己騙自己。我也常常告訴一些父母，如果他們完全不知道自己的孩子在做什麼，直到他打色情電話的賬單寄到家裡了，才怪罪社會有這麼多色情的誘惑，是沒有意義的。父母難道不能跟孩子溝通嗎？為什麼不問問孩子聽到了什麼？為什麼渴望想去聽？

如果我們把孩子當作是一個人在關心，而不是一個物，就會理解他在成長、他對性好奇是自然的，假設這個小孩一點都不好奇，這反而是一個很可怕的問題。所以父母恐懼社會帶給孩子負面影響，其實是非常弔詭的，我想，是不是這些父母自己也不夠成熟，在面對情慾問題時，他沒辦法跟孩子溝通、討論，甚至可能擔心孩子會輕睨大人，因為大人所能討論的，還沒有他們自己摸索得清楚。

我要強調的是「啟蒙」，什麼叫做啟蒙？就是把蒙蔽的東西拿掉。沒有啟蒙，就沒有對話，文學書寫扮演的就是啟蒙的角色，把蒙蔽的東西拿掉，讓大家更逼近真相。

孤獨面對生命關卡

邱妙津在《蒙馬特遺書》裡面誠實的描寫自己，敘述自己無法度過這一關所以選擇死亡。比較嚴重的來講，是我們的社會殺死了她，因為我們的社會讓她沒有辦法面對自己。

甚至在她自殺之後，小說在評審時，還有一位評審委員說：我知道她是台大的學生，我要叫我女兒退學，台大怎麼出了這樣的女生？

在評審會議上聽到這樣的話，我真的很驚訝，為什麼這個女孩用了死亡這件事去剖白自己，我們還是不太能夠面對。這位評審說完時，所有人都不敢講話，他是一位佛教徒，道德感很強，我們也都很尊敬他，可是我不認為他說的話是對的。我就跟他講，我也在讀佛經，而佛經有一種很重要的東西，是悲憫。今天假設我跟邱妙津是類似的人、類似的生命，我在孤獨面對生命關卡時，讀到這本小說，我會覺得減低了一點痛苦，我會覺得這個世界上不只是我在承擔這麼大的苦難。邱妙津的作品要留在台灣，也許現在的社會沒有讓她繼續活下去的可能，沒有辦法讓她理解自己存在的意義跟價值，可是越多人讀到這本書，就有越多人對不同的生命狀態產生真正的寬容，並以漣漪效果擴散，這個社會才有可能進步。

否則我們成天喊著要寬容、要包容，都只是停留在口頭上。有時候，口頭上的慈悲是最大的殘酷，因為說者根本沒有辦法有切身之痛。

情色的誘惑

談到情慾，我們也要談到在台灣曾有過多次討論的一個問題，性工作者的正當性。

性工作者過去被稱為娼妓，當然有著很大的道德上的貶抑，所以後來改換成「性產業」、「性勞動力」或者「性工作者」這類的名稱。我記得在輔大還開過國際性的性產業會議，這對我們這一代來講，是一個蠻大的刺激。因為我們從小接受的道德教育，幾乎是「漢賊不兩立」，情跟慾是不能混為一談的。

今天，整個社會已經重新調整情跟慾之間的互動關係，也認可了慾望存在的必然性與慾望存在的一個狀態，但不免有人擔心，會不會造成慾望的氾濫？或者，在娼妓變成性產業之後，經過商業助長行為，會不會失去控制？

荷蘭就是一個把性產業化的國家，他們劃定一個區域，由政府制定法律管理，要抽稅，也會有學術界介入討論，把性產業變成國家主導的經濟活動。可是在台灣，我們會發現在民間氾濫的性文化，常常是由黑道主導，謀取暴利，公權力難以介入，即使是商業也是個不公平的商業，當然更不會有任何一點點的道德與禁忌，所以性商品滲入青少年文化中，時有所聞，網路、光碟、漫畫、色情電話……只要可以謀利，就有人做，絲毫不在乎購買的人是不是青少年？

在這樣的狀況下，青少年也幾乎無處可逃。

賈寶玉在十四歲時慾望最強，但在大觀園中，他還是會被引導作詩或者吃螃蟹、賞月這類的活動中，去平衡他的情慾。可是我們的青少年文化，封閉在一個狹窄的性慾望氾濫的世界中，幾乎沒有其他東西可以去平衡、去昇華，而電視遙控器一拿起來，轉轉台，就會看到一個情色的畫面跳出來，他怎麼辦？

而且很有可能這些圖像的、影片的視覺感官刺激，是病態性的或虐待性的，青少年在不斷的被刺激之下，可能逐漸變得麻木，而想要尋求更新的招數、更大的刺激，一直發展下去，就是一個令人憂心的問題。

在中學裡面教書的老師，可能不知道他所講的東西跟學生在外面接觸的東西，之間的差距大到什麼程度？這是一個很大的斷層，上層嚴格禁止，下層卻是情慾橫流；青少年在上層得不到一點幫助跟鼓勵，就全部沉溺於下層載浮載沉。

所以我反而會提倡，上層適度的開放，就去面對，為什麼不能面對？為什麼我們不能在課堂上討論《紅樓夢》裡賈寶玉的夢遺？為什麼我們要把《金瓶梅》刪到幾乎沒有東西可以看？《水滸傳》、《西遊記》、《金瓶梅》、《紅樓夢》，哪一部作品的情慾書寫會比A片更嚴重？

當我們的校園能開放閱讀這些小書，我們的社會能夠開放情慾書寫時，自然就能平衡A片、色情漫畫等圖像式的性氾濫，讓青少年在慾望難熬的時刻，能夠經由文字得到紓解或者轉換。

當然，影像的東西遠比文字來得刺激、直接，這裡我又會有一個疑惑，就是電影的把關者禁來禁去、剪來剪去的都是好東西，一部歐洲非常好的藝術電影因為幾個裸露鏡頭被剪片、被列入限制級，而那種最爛、從頭到尾都應該要禁的A片，卻在民間氾濫得一塌糊塗，我常常覺得十分荒謬。

教忠教孝，卻不教情教愛？

譬如法國電影《做愛後動物感傷》（*Post Coitum, Animal Triste*）講一個人慾望的痛苦與煎熬，給我很大很深沉的感觸，這樣一部好片，我們卻覺得青少年不應該看，可是實際上青少年看到的東西，遠比這部片呈現的嚴重許多。

包括我自己大白天在家裡面看電視，都會跑出一些不堪入目的畫面，更不用說上網搜尋會看到多少東西了，這真的是一個問題，在上層守著嚴格的道德主義，禁這禁那時，下層社會卻是在一個無政府狀態，恣意傳播。

我想，我們需要的是一個全面性的探討，而不是消極的防範。

而一個需要被探討、很嚴重的問題就是，為什麼我們的教科書裡讀不到情慾問題，為什麼學校裡教忠教孝，卻不教情教愛？

我很希望學生在課堂上，讀到一本很美的愛情小說或是幾首情詩，讓他保有對愛情的希望，才不會完全墮落到慾望刺激中。很多人擔心談情的結果，就是慾的氾濫，我認為正好相反，情反而是慾昇華出來的狀態。

尤其是在國中階段，正在發育的過程，也是情慾最強勢的年齡，很多動物性的東西在身體裡面，是非常不舒服的。我在那個年齡時，女生我不清楚，男生之間玩性遊戲是玩得一塌糊塗，因為好奇，就是好奇，我記得初中時每次露營，大家在帳棚裡談的都是這些東西。

所以當我看《查泰萊夫人的情人》時，得到好大好大的感動，英國作家D. H.勞倫斯（David Herbert Lawrence, 1885-1930）把性描寫成一如花的開放般最美、最自然的事，直到今天這樣的年齡再重新翻閱這一本書，我還是會想流淚。

他不是直接寫慾，而是把慾做為一個象徵來寫。他描述查泰萊夫人的丈夫因打仗下半身癱瘓，變成一個性無能者，而這個家族又是一個假貴族，每天都在喝下午茶，談些有的沒有的，然後他就描述查泰萊夫人是一個蒼白的女人，她的生命好像乾掉了，一方面是先生不太會照顧她、也不疼愛她，另外一方面是她在精神上不飽滿。我絕對不認為這本書只是在講說先生性無能，不能滿足她，所以她去找情人，這是一個低級的解釋。其實勞倫斯花了很多時間描述查泰萊的家族本身就像一個死亡幽靈的狀態，看書中描寫他們吃下午茶、晚餐，我都覺得是一群鬼在吃東西，裡面唯一對生命還有渴望的就是查泰萊夫人。她好像還是希望活出什麼來，所以她常常會難過，但她也說不出是為什麼難過，因為衣食無虞。

所以她常常就會溜出去，走入森林，有時候會想把衣服解開，感覺那個清冷的空氣、鳥的鳴叫、水在叢林中的流動，她好像回到了自然，而她是自然中一個活著的生命。然後有一天，她忽然看到一個工人在洗澡，看到他的身體，看到他腰部的肌肉，她忽然感覺到身體裡面有一股激動。

這本書很容易被人認為是性慾主義，可是我一直覺得不是。為什麼她的情人是工人？因為英國的維多利亞文化到了一個需要革命的階段，這裡面其實有階層性，工人代表的世界沒有假道學，所以她可以藉著他恢復某一種生命力。

可惜的是到今天很多改編的電影，基本上還是往慾望跟低級趣味在發展，而沒有真正呈現D. H.勞倫斯在當時所感受到英國社會的那種苦悶與嚴厲的狀態。

而我們是不是可以讓國二或者國三的學生，就是已經與慾望有深切的關係，而且是最不能克制自己慾望的年齡的孩子，來讀像這樣的文學作品呢？

或者是莎士比亞的《羅密歐與茱麗葉》，讀羅密歐與茱麗葉第一次見面時，那美得像詩的對話，以及在陽台邊關於性的描述。有人覺得禁忌，不可以讓孩子這麼早看到，我卻覺得就該在這個年齡看，因為這個年齡就是嚮往青春、嚮往愛情，不給他讀，還禁止他碰，他當然就只能跑到另外一邊去發洩他的慾望，就是看A片了。

情色與色情沒有差別

《羅密歐與茱麗葉》跟A片，你會選擇哪一個？

A片是單一的慾望刺激，在刺激得到滿足之後就是虛無感，他們不會快樂，所謂「做愛後動物感傷」，動物在性交之後會有一個憂鬱期，其實就是一種空虛的感覺。可是如果加入一些精神性的，假設在性高潮之後，兩個人擁抱或是雙手緊握，感覺對方的存在跟體溫，在那一剎那會感覺到一種精神性的存在，一種情感的飽滿。

好的情慾書寫會有這個部分的延伸，可是A片裡面絕對沒有。A片只有上床、下床兩個動作，它只是在刺激器官。可是對於十幾歲的孩子，他沒有辦法分辨，就會覺得人生大概就是那樣、性愛就是那樣，甚至他就用那個方法度過一生，我覺得那是很悲慘的。

我們可能會以為歐洲經濟發展到這樣的狀況，又強調科技，應該是人心價值喪失了吧，其實不然，他們非常重視青少年文化教育。在法國，中學生還有情感教育這麼一門課，做很多個案的討論，讓學生可以比較真實的了解一些問題。還有他們的媒體也沒有什麼亂七八糟的節目，多是著重在文化教育方面，當然文化教育不能八股，八股以後就是自絕於群眾之外了。

這邊的遏止，剛好是那邊的開口，是我一直想強調的兩面性的問題。我們越禁止孩子閱讀好的情慾書寫，就是越讓孩子有機會去接觸一些不好的情慾商品。

當我們在情色、色情、情慾這些字眼中繞來繞去，大概已經說明了對於自己生命裡面，或者身體上的某一個部分的不敢面對。事實上，情色跟色情沒有任何的差別，不同的是對於指涉事物的心理狀態。

人往往在性行為中，會發現自己有最低等動物的部分，同時也有崇高的、宗教性的精神部分——當你跟另一個身體接觸，達到某一種言語無法替代的時刻，你對對方的情感，我想是近於宗教的虔誠了。所以人在面對自身的情慾時，會有一種矛盾和尷尬，所以創造出許多替代詞，因為光是性交會使人以為自己是一隻動物，當人不滿足於因為費洛蒙分泌所引發的生理現象跟行為時，就有了「做愛」和「敦倫」兩種層次的昇華。

但「性」這東西太複雜了，用再多的名詞去稱呼，都無法完全描述。它不是一個單純的事物，所以任何想把性單純化的稱呼，都是對性的一種損傷，或者說性的衰微，或者說愛情的衰微。在性這個行為當中，包含極大愛的部分，也包含極大慾的部分，兩者是不能分開的。

在D. H.勞倫斯的《查泰萊夫人的情人》這部小說中，有一段描述我覺得相當感人，就是查泰萊夫人與一個男人在身體上取得一種極高的默契，當他們結束性的動作後，兩個人眼中都含著淚水，然後他們擁抱著，感覺到對方的體溫。查泰萊夫人說我們同時結束了，這個男子說在世界很少人如此。

我們在中學偷看這部小說時，是當成色情小說看，那時候不懂，即使成年之後應該也很少人會懂，為什麼他們會流淚。很少有一對男女在性行為時，是真正把身體交給對方的，也懂得對方的身體，同時感覺到對方也感覺到自己。很多性是在發洩自己，很多性是委屈自己，可是性達到某一個狀態時應該是雙方面彼此的完成，而不是誰占了誰便宜可以衡量。

事實上，性很容易被低級化成慾望的發洩，或是權力的角力，尤其在男性主導的社會中，性是一種權力，在性行為中，很明顯的標示出主從位置，可以看出誰是主人、誰是奴隸，哪一個是委屈的順從滿足對方，哪一個是不斷在對方身上發洩自己的慾望。在幾千年以男性為中心的父權架構中，女性長期扮演的就是男性慾望的發洩對象，她的慾望是不能拿出來被討論的，否則她就是一個淫婦，她也不能夠有反應，只有男性才可以有反應。當社會形成這種「威而剛文化」後，就變成男性本身可以不斷的誇耀，而女性一旦誇耀，就會變成不道德。

性有一個崇高的狀態，但這個狀態在人類社會，並不是那麼容易完成，這也是我為什麼覺得《查泰萊夫人的情人》是一部非常重要的小說，他從性宗教的角度去書寫。當然他也可以降低到世俗程度，去表現權力，就像一個人到妓院去，花錢購買一個身體來發洩他自己，他不需要去關心對方是不是感到痛苦，這時候的性就是權力的直接表現。

電影《大紅燈籠高高掛》就是在描述中國封建體系當中，男性不斷用娶妾的過程來展示權力。每一個妻妾在晚上點著一盞燈籠，最後燈火熄滅，只有一盞是亮著的，她就是今晚被寵幸的女人。

所以這些女人每天晚上就仰望這盞燈，這當然是權力，一如古代帝王擁有的後宮三千佳麗，這些女人一輩子苦苦守候著，她不能不守候，因為永遠活在一個沒有斷絕的希望中。

當性已經被高度的慾望化，不只是生理慾望，更是權力慾望時，對於男性而言，他會很害怕權力的消失，所以到了七、八十歲，還要那麼努力的去找威而剛，這是可以理解的。但是為什麼沒有一個七、八十歲的女性，要去證明她的性慾望呢？因為三千年來，她的權力和慾望已經被剝奪到自己也以為沒有。不只是七、八十歲的女性，甚至是非常年輕的女性，都覺得自己「本來」就沒有性的慾望。

由此更能看出，人類的性是極其複雜的，與動物的性截然不同。動物的性有週期，完全為了傳宗接代而發生性行為，主宰性慾的不是自己，是自然，或者說是超自然的神。所以從植物到動物都有生殖的現象，性也僅止於生殖，沒有太多個體的意志。可是人類的生殖跟性是可以分開的，尤其是在現代，性可以透過避孕而排除掉生殖的目的。這時候自我的意志就出來了，人的自我就是像主宰動植物生殖的神，他可以判斷他要什麼、不要什麼，他可自己控制性行為的發生和不發生，所以人類性行為的週期性不若動物那般明顯，他可以用自己的意志在一天二十四小時內隨時發生，譬如他可以看A片、看色情小說刺激自己，讓自己爆發出慾望。人的性行為是比動物擁有更高的自主性。

在這樣的情況下，你如何去主導性，就會是一個很微妙的問題。我今天不用道德判斷，而是從一個較客觀的角度來說，為什麼要有性行為？我不認為我們還是在延續儒家的想法，「敦倫」是要完成倫理，就是為了生孩子，其實百分之八、九十的人發生性行為，不是為了生小孩，那麼是為了什麼？

是為了愛？那為什麼不是去看電影，或者去散步，牽手散步是很好的愛的表達方式，不是嗎？我的意思是，我們在為性行為找各種冠冕堂皇的理由，卻不敢承認性本身是歡愉的，也就是說在做這個行為時，我們的感官會得到很大的快樂。

男人的動物性本能

動物的性只有生理層次，沒有心理層次，人類的性有心理層次，同時也有生理層次，我們不見得要避諱這個部分，因為它確實是存在。當我們可以很客觀、很冷靜、很理智的去分析時，就會發現，我們混淆了倫理的崇高性、愛情的精神性和性的官能性，哪一種是你發生性行為最主要的元素？是我們今天談情慾的第一個起點。

看A片、看色情小說所引起的慾望，和看見一個非常喜歡的人所引起的慾望，以及為了傳宗接代引起的慾望，是不一樣的，當我們可以很誠實的討論這個問題時，就會發現，每個人都可能是最低等的動物，也可能是最崇高的神——當你可以完全奉獻自己、完全感覺對方，到一種幾乎要流淚的程度時，就是抵達性最高的層次了。

不過，人很難去檢視自己的情慾，因為性本身的官能性太高了，比喝酒更容易讓人陶醉而迷惘，在這個行為發生時沒有機會反應或者思考，在行為發生後，也可能就呼呼大睡，無法冷靜的去反省。男性特別明顯，當我和朋友在聊這些事情時，常會聽到男性朋友說，我很累、我很疲倦呀，所以就睡著了。可是對方呢？如果對方沒有睡著，而是在冷靜的反省的狀態，而男性睡著了，這之間的落差就會有種虛無跟荒涼的感覺。所以男性的性長期以來就當作是一種動物性的本能，應該也是這個原因。

的確，在動物世界中，雄性動物只是負責交配的過程，很多的雄性動物在交配完以後就死了，因為他的功能就是如此，接下來就是由雌性動物去負責完成生殖的使命。可是，我相信人跟動物絕對是不一樣的，儘管人延續了很多動物性的官能反應，但其實我們是可以做更深入的思考，把它當作生命一個大課題加以檢視，用理性去面對，而不是做完就睡著，就沒事了。

我們不要忘記儒家講「性情」，有一個字就是「性」，只是後來我們把兩件事混淆了，這個詞也變成一個人的性格脾氣。而子貢說：「夫子之言性與天道，不可得而聞也」，這裡的「性」也與人的本質存在和其他官能上的需求有關。儒家因為很強調人跟動物的差異，慢慢喪失了人跟動物也有相同部分的探討，但今天我們要談情慾這個主題，就不能避免掉這個部分。

當我們一味的想避開人類也有動物性的討論時，就會分裂，在台灣社會中這種現象很普遍。我的男性朋友私下談論情慾時，是非常非常動物性的，這個部分的他在正式的禮儀世界中，完全不存在。這是一種嚴重的分裂，但他可能沒有知覺，他不知道自己在誇耀怎麼玩、怎麼嫖妓時，他其實是屬於動物性的，因為我們的社會否定這個部分，使他不願意去面對、去承認自己的分裂。

無知地帶的禁忌

誠如我一直強調的，如果不能以誠實做基礎，沒辦法談情慾問題，但誠實很難，因為這社會已經長期習慣分裂的狀態。我們小時候問媽媽，我從哪裡生出來？永遠得到一個錯誤的答案，它是避諱的、禁忌的，所以小孩子從來也沒有一個健康的或者正確的知識來源。我曾經看到報紙上一個十七、八歲的女孩，寫信問醫生，他的哥哥洗完澡後，她繼續洗同一池的水，會不會懷孕？看到這樣的例子，就算是一個特例，都會讓我覺得緊張，我們越避諱談這件事，我們的孩子就越無知。

用「無知」是一個蠻重的字眼，但也反映問題的嚴重性和嚴肅性。人類的科學、文學、藝術都是在探索一個我們仍一無所知的領域，用各種方法讓「無知」變成一個清楚的、可理解的「有知」。文學裡的情慾世界也是如此，因為情慾仍然是人類一個巨大的無知地帶，存在太多我們自己造成的禁忌。面對它唯一的方法，就是知識，讓每個人對於自己的身體、自己的慾望有一個很合理的了解。

就像我跟學生上課討論到這件事時，學生說我們做愛是為了傳宗接代，我會說：「你不要騙我，你如果已經做了避孕措施，接下來你就不是傳宗接代。」為什麼還要打迷糊仗呢？為什麼不能說：「我就是要做這件事」呢？要讓孩子從無知變有知，很多細節就要分析清楚，讓他了解當他發育到什麼樣的年紀時，身體會有哪些反應和變化，還有哪些慾望，那可能是與情愛無關、與傳宗接代無關的。

很多孩子不了解身體的慾望，是因為大人不敢說。我們的父母跟老師，未必能夠就「我從哪裡生出來？」這個問題提供一個正確答案。不是他們不知道，而是不敢說，這是一個態度的問題。

這不能怪他們，我相信他們的成長過程中，也都是靠自己摸索。我便是在無知的狀況下，自己去翻小說、看電影，慢慢了解了禮教跟情慾之間的關係。幸運的是，我讀到的是好的情慾文學作品，如果我的性知識是來自A片，或是一些強調動物感官的色情文學，會是什麼樣的狀況呢？

誰在負責教授我們的孩子性知識？如果是A片，你又怎麼能怪他？

我較不能夠理解的是，到今天成人還是在禁止孩子看未刪情節版本的《金瓶梅》、《西廂記》、《查泰萊夫人的情人》，甚至是《紅樓夢》裡面描寫性的片段，這些都是最嚴肅的情慾書寫，孩子卻無法閱讀，而其中被視為禁忌的不只慾，連情的部分也是，我們不禁要問：孩子要讀什麼呢？這樣的文化最後會完成什麼樣的東西出來？

過去我讀到的是刪節版的《金瓶梅》，把一些可能會造成「壞」影響的情節都刪掉了，反而刺激我去幻想，簡單說就是「臉紅心跳」，只要看到一點點的暗示就緊張得要死。後來我買到日本出版萬曆本的全本《金瓶梅》，突然發現裡面最驚人的不是性的描述，而是冷冷的看著一個人把自己的生命玩到一種令人覺得難過跟噁心的程度，你沒辦法想像怎麼會把一個人綁在葡萄架上玩，怎麼會把人當作動物玩？我看完覺得很難過，而在難過後開始有了反省。

這是A片裡面不會有的，A片只著墨在動物官能的刺激和滿足，看完後會讓你想要尋求發洩，它引發的是感官的慾望；可是看完《金瓶梅》，你不會想這麼做，你會開始反省、開始思考，因為它是嚴肅的。

新食代

錄像攝影／郭芃君

10 新食代

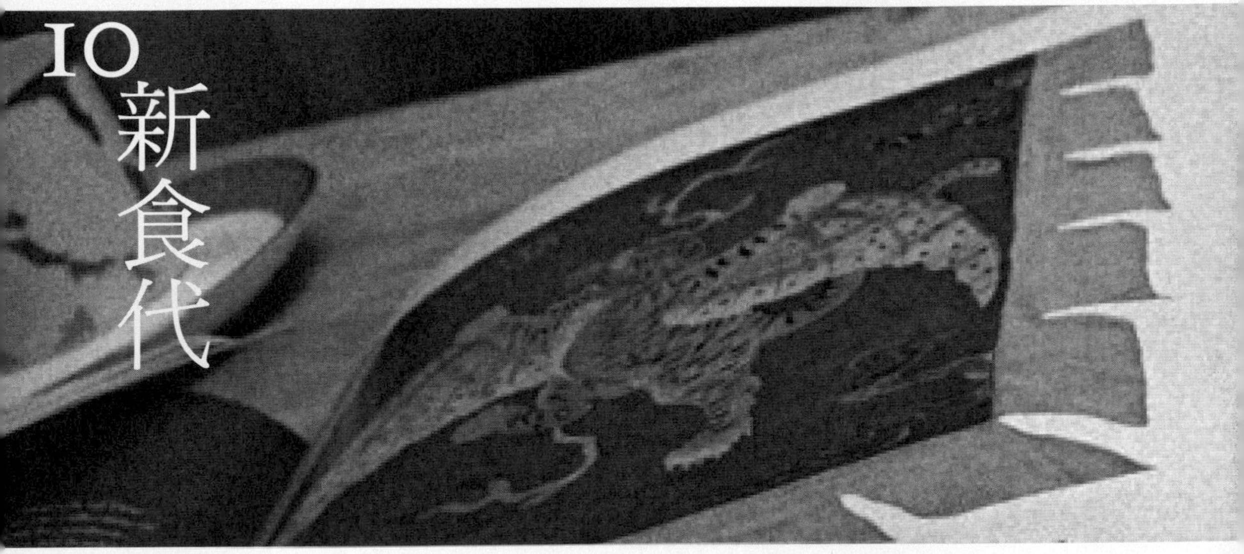

讓等待變成一種態度，
一種心態，一種新價值。

新食代

你可以想像島嶼上的下一代，
是用「吃到飽」做為衡量事物的標準，
他的性、他的倫理、他的婚姻都要「吃到飽」，
不是很恐怖的一件事嗎？

談生活、談文化，都離不開食衣住行這四個基本條件，甚至有時候你會發現，構成你的生命記憶的，就是這些看起來很簡單、很平凡的瑣碎小事，而人生艱深複雜的哲理，也是從微不足道的食衣住行中實際體會出來的。

我們說「食衣住行」的這個順序，食是排在第一位，表示這是最重要的，可是工業革命之後，食這件事卻是第一個被糟蹋、被忽略。你會發現周遭很多人對吃什麼、怎麼吃，其實是很漫不經心。

在中午用餐時間，到都會區看上班族們吃飯就會了解，我真的很懷疑他們吃得那麼匆忙，到底知不知道自己吃進去什麼？

「食」的回憶與記憶

很多人都知道法國人不喜歡速食，他們也常反問我：「你們為什麼要速食？」吃飯是一個好快樂的過程，吃飯的時候可以跟很久不見的朋友或是家人，聊聊彼此發生的事，當然需要很多時間，這是一件很重要的事情。

法國的這些文化會不會因為商業化、物質化的潮流而被淘汰？有一段時間我也會擔心。但我想是不會的，尤其是在歐盟成立之後，更能阻絕美國高消費文明的進入。看他們的電視節目和廣告，又讓我更有信心。法國的廣告基本上還是老式的，相較之下是笨拙的，不像我們的廣告花招百出，做得很炫。他們已經了解到，這樣的廣告沒有用，消費者很成熟，不容易被騙，所以他們不需要花那麼多的心神去用廣告包裝來騙人——我想這裡面就是一個社會成熟的過程。

然後，他們也意識電視媒體在美國社會商品化的過程中影響力之大，所以法國和德國就共同組成電視台，製作非常好的節目，收視率還是最高的。

過去我不太相信文化可以打敗商業，但法國文化讓我充滿了信心。我又再想一想，其實在古代就有這樣的案例。緙本書、蘇州的刺繡，都精緻得不得了，而且一直到現在都沒有消失，這就是文化戰勝商業。低劣的、粗糙的東西有一天是會被淘汰的，好的東西會被留下來，為什麼我們會沒有信心？

我們自己也可以去抵抗這些低劣、粗糙的商品占據生活。假如朋友約我假日去速食店吃飯，我一定轉頭就走。好不容易週休二日，可以在家裡烹煮一些食物，即使是包個水餃都好，為什麼要吃速食呢？如果今天時間很匆忙，沒有辦法坐下來好好吃飯，那麼買速食沒有關係，但既然是休假日，為什麼還要趕時間吃「速食」？那麼你把時間剩下來要做什麼？

我很想去影響下一代，讓他們不要太倚賴速食。所以我會找學生到家裡來包水餃，從揉麵團開始，告訴他們怎麼樣去把韭菜燙熟，怎麼切丁，教他們分辨絞肉跟剁肉是不一樣的，經過刀剁的肉，多麼有彈性，多麼好吃。那天，他們帶回去的回憶好多好多，這個回憶和吃粗糙速食的過程絕對不同。

曾經有法國來的朋友問我：「台灣人這麼喜歡吃到飽，是因為吃到飽很難嗎？」法國人沒有人會說自己是狼吞虎嚥的人，而會說自己吃得優雅、很精緻，因為前者是很丟臉的。

當然不是說一定要吃得精緻，或是不能走進吃到飽的餐廳，重點是你自己要快樂。我在吃到飽餐廳看到一個正在發育的小孩，爸爸叫他吃到飽，說多吃一點才划算，所以孩子就拚命拿，盤子裡的食物堆得跟山一樣，光是水煮蛋就拿了七顆。我想，那個孩子真的被爸爸害死了，他需要一次吃七顆蛋嗎？

如果我們是抱著「多吃一點才划算」的心態，就是物化了。划得來嗎？實際上賠得更多，賠掉孩子的道德，賠掉孩子的味覺，賠掉孩子身體的美。為了區區幾百塊錢，全部都賠掉了，我覺得非常荒謬。

你可以想像島嶼上的下一代，是用一種「吃到飽」的心態去做為衡量一切事物的最高標準，他的性、他的倫理、他的婚姻都要「吃到飽」否則不划算，不是很恐怖的一件事嗎？

如果從最基本的社會道德價值再去衡量，怎麼會讓一個孩子吃成這樣？應該是教他怎麼吃，才能營養均衡，不是嗎？

自然永續的循環

現在很多人都在檢討，二十世紀因為西方工業革命讓人力干擾自然，造成污染和危害，所以提倡環保，試圖恢復有機生命狀態。這個行動是出於「地球只有一個」的觀念，我們不能把所有資源在短時間內全部用完，應該顧慮到地球甚至整個宇宙的平衡問題。這個認知，不應該只是一種知識，而要成為一種生活信仰，如果只是知識，就會導致為了要很快吃到一棵植物或一隻雞，就打生長激素、加農藥，讓它快速成長，而這個方法是不健康的。

所謂的有機就是一切東西都可以再轉化、再延續，而不是一個速成、絕望的狀態。它可以很安靜、很沉默，卻是源遠流長的。我們現在常用兩個字「永續」，物質的永續狀態，或是生命的永續狀態，就是有機。

我們可能都以為自己知道什麼是有機，就像我以為小時候看到用人的糞尿當肥料，就是有機，後來才知道，因為食物的關係，現代人的糞尿也被污染了，人的糞便裡可能含有大量的銅。即使是用來當肥料，都不是有機。

十九世紀前，人類還沒遭遇到這麼大的元素失衡問題，這真的是二十世紀以後人類的難題，造成的原因可能牽涉到人口的增加、經濟的發展、工業革命等等，我們會希望在二十一世紀時，能有些調整，加以制衡，但還是有很多困難。

這幾十年來，台灣的經濟有很大的進步，但同時我們對「進步」這兩個字也開始有所懷疑，可能在富裕的同時，土壤壞了、空氣壞了、水壞了，我們付出不小的代價，也讓我們生活在「食物的恐懼」中，不知道究竟吃進去什麼東西。現在有一些人開始提倡「有機」，我想這不只是農業的問題，而是牽連到整個大政策，包括政治、經濟、生活品質等層面，讓我們能做更多的反省。

所以我們會發現，關心有機農業的不只是農友，可能也包括家庭主婦，她也會想在家前面的小小陽台中，種植一些能改善飲食生活的蔬菜。或者，是自己買一塊地來種植的夢想家，他們會想用有機農業來實踐自己的生活哲學。這個我要特別提出來，因為我到荷蘭時住在一個朋友家中，這個朋友就是丘彥明，她原本是聯合文學的編輯，後來嫁到荷蘭去。我們發現在荷蘭有個現象，很多住在城市裡的人，會在近郊租一塊農地，每天騎著腳踏車去看自己種植的農作物，所以農地上插滿了牌子，標示這是誰的農地。在那裡種花、種蔬菜的都有，社區裡也會固定一段時間辦比賽，請專家來鑑定，看誰種植的方法最符合自然農法，而且種得最漂亮。丘彥明本身是編輯也是作家，所以她每天就用文字記錄自己種的菜和花成長的過程，我覺得蠻感動的。

荷蘭和台灣的面積、人口都很像，是不是也有可能將來我們也會有類似的方法去推廣自然農法？目前我們的公寓是不太可能做到，可是將來是不是有可能由政府提倡，讓都市的人也有一塊農地來做農夫？

說真的，都市人要圓有機農夫夢不太容易，光土壤就是一個問題，不易取得，也沒有適當的空間做堆肥。這些問題在我小時候幾乎不會發生，那時候我們住的地方一定有個院子，院子裡就有土，果皮吃完就埋在院子裡，肥也會有人固定來收，我記得那時候我還很喜歡追水肥車，就會被大人罵很髒。

有機是個大理想，不是一下子就能達成，需要大家慢慢去重新反省過去生活裡的很多問題，並從中做一點調整。譬如建立一個觀念，好的食物即使再貴都要買。吃好的食物，讓身體健康，同時也可以避免產銷不平衡的問題。我常常下鄉觀察到台灣農業產銷不平衡的問題，大量的蔬果就放在路邊爛掉，看了讓人覺得好傷心。

用心與有機

還有，要認真的看待「吃」這件事。我覺得囫圇吞棗、大吃大喝，或是隨手抓個漢堡往嘴裡塞，都不夠認真，這樣吃不但吃不出食物的味道，也間接鼓勵了生產食物的人，可以為了求快、求量，忽視品質，會用生長激素去縮短一隻雞的成長時間，或者灑農藥讓菜長得快一點、漂亮一點，卻失去了原本該有的營養。

我的意思是，如果你真的在意「吃」這件事，願意去感受食材的新鮮度，願意花費時間去了解一道食物從材料、處理到烹煮上桌的過程，甚至願意用很多道程序去料理一樣食物，你才會知道什麼是真正的「有機」。

也唯有如此，你才能體會到食物裡的情感。我們吃東西，不只是求飽，也在消化一份情感，土地的情感、物的情感、人的情感。我們常聽到異鄉工作的遊子，吃到一樣東西，覺得有媽媽的味道，覺得很感動。他吃到的這個味道，不是單純食物在料理後的甜或鹹或辣或甘，他吃到的是一份記憶裡的母愛，一股鄉愁。

如果你常到傳統市場逛的話，就更能體會我說的食物裡的情感。小時候我常跟母親到傳統市場買菜，會聽見很多熟稔的攤販老闆，不斷提醒你：「今天有新鮮的菜哦，剛摘下來的。」「今天的魚很好，要不要買一點？」當你從他們手中接過這些食材的時候，絕對跟你直接從超市、賣場的冷凍櫃拿到的感覺，完全不一樣。

若是你能親手栽植或養殖食物，就像小時候我母親會在後院種空心菜，或是街坊鄰居會養雞養鴨等年節時宰殺來吃，你參與了一個從無到有的過程，你會更珍惜，也更能夠體會到有情感的食物和沒有情感的食物之間的差別。

因為只有跟土地很接近的人，他會把手中的生命，視為嬰兒一樣，感受到植物的脈搏、心跳。作家黃春明在小說中描述他在蘭陽平原農家長大，老祖父會帶著他們在稻田裡頭走，告訴他們：你要去聽稻子在長大的聲音，他一直很努力聽，卻聽不到，但祖父是聽得到的，他能聽見稻子在抽長的聲音。

一個能聽見稻子抽長聲音的人，一定知道如何選擇食物，不會為了「多吃一點才划算」，壞了自己的味覺。

在新食代學會等待

飲食的問題這幾年來談了很多，我想這些問題的源頭是現代人需求太多，太過於急躁了，所有的東西講求速成、大量，為了求方便，很多事情都不講究了。如此一來，我們失去的不只是味覺，不只是飲食文化的精緻性，還會失去人與自然之間的平衡，例如為了喝鮮乳，強迫母牛不斷的懷孕，以分泌乳汁，母牛擠出的乳汁都製成牛奶，那麼小牛喝什麼呢？

就像佛家說的因果循環，最後這些惡果還是會回到人的身上。促進乳牛產奶的荷爾蒙會造成人體發育過早的不正常現象，肉類裡面的抗生素會讓人體容易過敏，或是讓體內的病原菌產生抗藥性，而農藥、化學肥料造成的土地沙漠化現象，更會讓糧食問題越來越嚴重。

其實有一段時間，我不太願意去聽這一類的話題，越聽越不知道怎麼活下去，什麼東西都不能吃，水也有問題，空氣也有問題，還會有人告訴你今天最好不要出門，因為紫外線太強。

我想活在那樣的恐懼裡是不好的，不健康的，倒不如從正面思考，我們可以做些什麼？

在新「食」代裡，我們是不是可以試著緩下自己的腳步，少吃一點，吃好一點，並且學會等待，我覺得這很重要，等待花開、等待果熟，等待不同季節的不同食材，等待一道食物用繁複的手工步驟細心料理。

如果能讓等待變成一種態度，一種心態，它才會成為生活中的信仰，成為我們做為人的新價值。

找回生活的信仰

有自信的人，充滿富足的感覺，總是很安分的——做自己。

國家圖書館出版品預行編目資料

生活十講 / 蔣勳著 ; -- 初版. -- 臺北市 :
聯合文學, 2009.02
240面 ; 17×23公分. -- (文叢 ;438)

ISBN 978-957-522-818-7(平裝)

855 98001641

聯合文叢 438

生活十講

作　　者／蔣　勳
發 行 人／張寶琴
總 編 輯／周昭翡
主　　編／蕭仁豪
資深美編／戴榮芝
業務部總經理／李文吉
行銷企劃／林孟璇
發行助理／孫培文
財 務 部／趙玉瑩　韋秀英
人事行政組／李懷瑩
版權管理／蕭仁豪
專書策劃／朱玉昌
封面暨版面設計／周玉卿
特約美編／林意玲
文稿整理／施佩君　杜晴惠
校　　對／杜晴惠　朱玉昌　陳維信
法律顧問／理律法律事務所
陳長文律師、蔣大中律師
出 版 者／聯合文學出版社股份有限公司
地　　址／(110)臺北市基隆路一段178號10樓
電　　話／(02)27666759轉5107
傳　　真／(02)27567914
郵撥帳號／17623526 聯合文學出版社股份有限公司
登 記 證／行政院新聞局局版臺業字第6109號
網　　址／http://unitas.udngroup.com.tw
E-mail:unitas@udngroup.com.tw
印 刷 廠／瑞豐實業股份有限公司
總 經 銷／聯合發行股份有限公司
地　　址／(231)新北市新店區寶橋路235巷6弄6號2樓
電　　話／(02)29178022

出版日期／2009年2月　初版
2021年6月15日　初版五十一刷
定　　價／280元

ISBN 978-957-522-818-7（平裝）

蔣勳 生活10講

新價值｜新官學｜新倫理｜新信仰｜談物化｜創造力｜文學力｜愛與情｜情與慾｜新食代